自　序

東方昇《每個人腦入面都有一個東方昇》

大家好，我係東方昇啊！如果大家買呢本書，以為呢本書係我東方昇
寫嘅話，咁大家就成功畀我呃9咗喇！因為正確嚟講，呢本書應該係
王嘉偉寫先啱～

好多人都問過我：「其實究竟東方昇同你真人王嘉偉有乜分
別？」其實東方昇就係我腦入面一個癲喪同on99嘅我，所以
當我做東方昇拍國家級嗰時，其實我係放大表演緊王嘉偉
癲喪同on99嘅一面，而我認為所有人心裡面都有呢一面，
每個人腦入面都有一個東方昇～所以你睇我做節目睇得
咁開心，其實某程度上因為你見到你自己啊～即係你
都係癲喪on99㗎～

而面對今時今日嘅香港，荒謬無處不在，我希望我
嘅癲喪同on99仲會令你笑得出，因為無論世界幾
壞，冇嘢可以剝奪我哋笑嘅權利。

導　讀

我強烈建議你睇每集 BEHIND THE 癲之前，一定一定一定要先去重溫每集國家級一次，就好似你出街之前一定要戴口罩一樣。

重溫《國家級任務》有以下三個途徑：

上 tvmost.com，然後撳重溫節目，再揀《國家級任務》

或者

上 YouTube search 毛記電視，再揀《國家級任務》

又或者

Inbox 我，然後如果你係靚女，我會約你上我屋企「國家級任務 and Chill」

目　錄

拆解哈哈笑
腳底按摩之謎

任務情報：

江湖傳聞：正骨邪骨唔難分，一望腳底知端倪，
只要按摩店招牌嘅腳板底公仔有哈哈笑，
技師就唔止按左腳同右腳，仲會按埋……😊
笑得愈淫就愈……
究竟係咪真？
東方昇決定公器私用，戴住偷窺眼鏡，
為全港男士出征一次。

BEHIND THE 癲

東女郎：

其實本來拍攝嗰間哈哈笑腳底按摩鋪，並唔係觀眾而家睇到呢一間。

事緣東方昇度咗呢條橋，於是預先就點我去深水埗搵定間適合拍攝嘅哈哈笑腳底
按摩鋪。我嗰時啱啱開始做節目製作，7下7下，唔知條橋原來係要偷拍，於是
一個女仔 on99 走上去問鋪問可唔可以做訪問，負責人仲好殷勤咁畀咗張卡片我，
於是拍攝嗰日我就老點東方昇去喇，點知……

東方昇：

東女郎拍晒佢嗰個冇乜心口嘅心口話踩咗線，呢間好安全！我咪同攝影師走上去
偷拍囉～我一上到去，我 X 佢個心口吖！有個大隻佬黑社會惡形惡相咁坐喺度，
我條腳仔驚到標晒冷汗啊～心諗：「X，陣間佢發現我哋偷拍，我到時就真係畀
佢拗骨，係拗斷 D 骨嗰隻拗！」於是我扮傻仔咁問佢幾多錢，跟住借 D 椅話太貴
急急腳鬆人。最後是 9 旦且搵咗第二間拍，即係大家喺片裡面睇到嗰間。

如果你問我條片嗰間係咪邪骨，我都真係唔知，我淨係知佢按我嗰時成日唔小心
借 D 椅問佢個心口撞落我腳板底。同埋條片出咗之後，有網民話間鋪用紙封咗
個招牌腳板底嘅哈哈笑，過咗幾個月，間鋪仲執 7 咗嘅～

我重遊舊地，嗰間哈哈笑腳底按摩鋪
已經收咗皮 lu～

變咗一間懷舊唱片鋪

誰是非洲舞王？

任務情報：

作為專業又風度翩翩嘅特務，
監視外國勢力喺香港嘅一舉一動，刻不容緩。
東方昇唔知喺邊收到風，
得知非洲派咗班舞王嚟元朗開 P，
搞埋 D 多人運動……
Sor9y，係黑人運動跳非洲舞先啱，
於是本住 Once you go black，
you never go back 嘅精神，
去 Battle 一下。

BEHIND THE 癲

東方昇：

去元朗訪問非洲人，其實係因為當時有條網片好好笑，係個攝影師問個非洲人叫乜名，而佢答 Ovuvuevuevue Enyetuenwuevue Ugbemugbem Osas。於是引起我嘅好奇：「係咪所有非洲人嘅名都同佢哋身體上某個器官一樣，都係比一般人類長嘅呢？」所以就做咗今集國家級任務喇。

當時元朗仍然歌舞昇平，未有白衣人衝入西鐵站用藤條打乘客，大家亦未知鄉黑原來愛國，更加唔知佢哋疑似有律師朋友同光頭人射住。嗰日不知幾多居民跟非洲導師學跳舞，樂也融融。

同非洲人玩完，先知佢哋非常熱心，無條件教人跳舞，完全推翻香港人對有色人士嘅偏見，所以反送中運動嗰陣，重慶大廈嘅南亞裔人士免費派水，我一 D 都唔驚訝。有時 D 嘢，表面係黑，實際可能係白；口講忠誠勇毅，行為可以係人渣契弟。

我相信大家都睇過呢條非洲黑人個名超長嘅片

國家級任務：誰是非洲舞王？

毛記電視

???

???

哮，我見到觀眾有啲黑人問號喎

雖然佢哋膚色黑，但佢哋嘅心地同佢哋棚牙一樣，咁潔白明亮～

迷失在這場相親遊戲

任務情報：

今時今日溝女溝仔就梗係用 Tinder 啦，
之不過強國用嘅就叫相親閣，
不過大家唔好誤會，唔係 App 嚟㗎，
而係一個貼住寫咗自我介紹同擇偶條件，
畀 D 皇帝唔急太監急嘅老豆老母幫仔女搵女婿新抱嘅地方。
東方昇今次遠赴深圳，睇下憑佢咁出色嘅條件，
可唔可以搵到人同佢即日相親兼洞房先～

BEHIND THE 癲

東方昇：

呢集算得上係國家級任務最重要嘅一集，因為係東女郎處女下海，第一次出鏡！！！

東女郎：

其實呢次出鏡好無謂！因為你想交代有個人跟你返大陸揸機偷拍。嗰陣你仲好認真諗我呢個角色應該叫乜名好，我話：「唔使啦！唔重要！都唔會再出，唔好搞咁多嘢。」所以是 L 且叫東女郎就算，就因為咁，一路以嚟都稱呼我為東女郎，冇一個真正嘅名，而最奇怪係拍完 Opening 十幾秒，我就冇再喺條片出現過，完全唔知作用係乜。

東方昇：

我純粹係覺得一個好似我咁出色嘅男人，應該有個女人喺我身邊服侍我，好似占士邦有個邦女郎咁。

講返條片，以前，講緊反送中之前，有 D 港男有個諗法：「男人搵唔到老婆，上大陸搵啦！我哋係香港人喎，實好吃香啦！」點知當日去到，發覺其實唔 L 係，因為大陸人揀老公，必要條件係有樓，如果你冇樓，唔係話睇你唔起，直頭係睇你唔到！其實如果香港人係有樓，喺香港都大把囡囡撲埋嚟啦，使鬼揀大陸人咩！

不過好彩嘅係，今時今日喺香港搵另一半，有樓都冇用，最緊要，係有良知！所以各位單身男女，上街搵啦！

風度翩翩豬肉佬

任務情報：

豬肉佬？No！政府話叫肉類分割技術員先啱喎，
貪佢聽落去好似勁 D，希望引 D 年輕人入行。
東方昇為咗唔想呢行絕種，
同時又想睇下有冇人想食佢隻豬，
於是請嚟肉類分割大師 May 姐，
教佢庖丁解豬，務求賣肉求榮。

BEHIND THE 癲

東方昇：

呢集算得上係咁多集以嚟，拍得最辛苦嘅其中一集。因為我一開始就已經一秒激嬲咗豬肉檔阿 May！！！

喺條片度，你可以見到我一開始係戴住圍裙，而入面係冇著衫，因為我想扮《國產凌凌漆》嘅風度翩翩豬肉佬，諗住有節目效果，點知原來 May 姐唔似得一般人咁膚淺，對我嘅肉體毫無興趣，淨係對豬肉有興趣，仲嫌棄我咁著唔衞生，話會影響大家對呢行專業嘅印象，要我即刻著返件白背心喺入面。我諗返都真係唔好意思。

激嬲女人，我就梗係注定冇好日子過啦！我最初以為每個劏豬步驟都係係咁椅做個樣，拍少少就得，兩粒鐘可以搞掂收工啦，點知我做完 D 步驟，同 May 姐打眼色，但佢唔理我，我心諗：「仲唔 L Cut 嘅喂？唔通佢報復，特登玩 9 我？」最慘係我衰，激嬲佢在先，我又唔敢開口問佢。

東女郎：

其實……係我私底下同 May 姐講：「得㗎喇，當佢工人咁使得㗎喇！」

東方昇：

最後原來係東女郎陰 9 我 🌚

大家留意下，開頭我入面係光脱脱㗎～

做豬肉佬其中一樣好難受嘅就係，D 生豬肉浸味真係好難頂 🤮 所以其實每位豬肉佬都唔簡單！

時鐘酒店睇真啲

任務情報：

土地問題令好多香港人連室內運動都要喺戶外搞掂。

東方昇將心比心，將 J 比 J，

知道全港男女擔心時鐘酒店污糟，瞓完身痕，

於是特登帶埋可以照到體液嘅黑光燈，

地氈式檢視時鐘酒店衛生情況，

結果有精……彩發現。

BEHIND THE 癲

東方昇：

我承認我係有去過時鐘酒店嘅。

搞咩？梗係扑嘢啦！我唔想因為土地問題令到我有前列腺問題啊！真心，都要解決㗎。

大家都覺得時鐘酒店污糟，而我去完就發現其實係比想象中乾淨好多嘅，所以非常好奇，究竟係咪表面乾淨，暗藏邋遢呢？以前睇過唔知 D 咩科學節目，話黑光燈可以照到體液，而聽講深水埗又有得買，於是我就諗：「D 女仔成日驚時鐘酒店 Dirty，如果我證明到係偏見，咪可以說服 D 女仔同我去時鐘酒店囉😏 我簡直係個天才啊！」

東女郎：

呢集真係好尷尬，因為拍嗰時真係得我同東方昇兩個人入時鐘酒店開房。其實本來佢提議搵埋攝影師三個人去，但以我所知三個人去開房係要加錢嘅。

東方昇：

話時話，你之前聲稱自己未去過爆房，咁你又點解會知要加錢呢？

東女郎：

你唔好理我點解知啦，呢個唔係重點，個重點係，我又咁索，而你睇落又咁咸濕，容乜易突然獸性大發，咁我哋咪兩個人入房，三個人出返嚟🤣我當時有男朋友，所以我就問佢意見，但佢竟然話：「我一 D 都唔會介意。」於是我決定同東方昇兩個人去時鐘酒店拍嗰之前，著多條底褲喇～

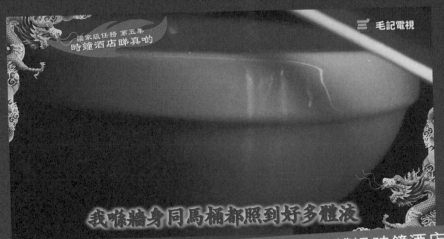

國家級任務 第五集
時鐘酒店睇真啲

毛記電視

我喺牆身同馬桶都照到好多體液

估唔到我哋公司嘅馬桶仲污糟過時鐘酒店

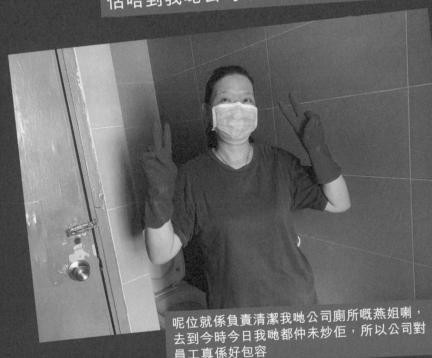

呢位就係負責清潔我哋公司廁所嘅燕姐喇，
去到今時今日我哋都仲未炒佢，所以公司對
員工真係好包容

偷食總司令

任務情報：

唔少私家偵探社成日賣廣告，
聲稱自己有偷情捉姦服務，
係真唔係啊？
今集東方昇就上門拜訪一間自稱專幫人捉姦嘅
全女班私家偵探社，睇下佢哋嘅儀器有幾先進，
最後仲同盤菜瑩子假扮情侶偷食返鑊，
睇下佢哋影唔影到東方昇偷食盤菜唔抹嘴嘅重要證據。

BEHIND THE 癲

東方昇：

平時我同盤菜真偷情就試得多，但扮偷情真係第一次，就等我嘅情婦盤菜瑩子帶
大家回味下當日我哋偷食嘅情況啦。

盤菜瑩子：

同東方昇扮偷情真係好 Q 尷尬！條友大大聲周圍同 D 阿婆阿嬸話我哋偷情！

仲有啊！唔知大家記唔記得中間我同佢咪分開去九龍灣 Mega Box 嘅，其實發生
咗 D 小插曲㗎。嗰時坐巴士，諗住拍 D 講嘢片畀佢哋剪嚟用，點知後面有個
阿叔，對住個電話係咁鬧，咁啱就係話以前有個後生女同佢拍拖，條女呃完佢
D 錢仲要勾佬！咁我咪啱又扮緊偷食嗰 D 女人，感覺好似畀個阿叔 X 緊咁！
嗰刻我淨係想快 D 同東方昇會合，點知一會合佢攬住我嗰下……啊！！！我就
覺得好污糟好核突啊！！！

首頁 義查專頁 女偵探服務 關於女偵探 媒體資訊 獎項認證 聯絡我們 ENG | 简体

服務範疇

四大創新服務

婚前調查
調查未來伴侶背景及忠誠度，助客戶了解對方是否值得長相廝守的終身伴侶。

家長偵查子女服務
助你調查子女性情大變原由，從追尋化解親子信感。

 盛女宅男尋伴侶服務
調查心儀對象的背景和興趣，提防受傷受騙；製造結識機會，提高尋得好歸宿的命中率。

 **事後專業調解輔導服務**

呢間就係我哋拍攝當日用嘅女偵探公司，而今時今日偵探社提供嘅服務已經超乎你想象！

老實講，同盤菜拍拖係開心嘅，我覺得佢可以轉行去做 PTGF，

給你一杯符符水

任務情報：

臨近年宵，梗係要介紹返有乜年宵產品賣啦～
而當年賣嘅就係由東方昇親自開光嘅開年轉運符水，
擁有多種神奇功效，包括男士豐胸、
小朋友三年抱兩、老人家快高長大⋯⋯等等，
於是東方昇就去到最多迷信嘅人會去嘅黃大仙派街坊，
造福人群。

BEHIND THE 癲

東方昇：

有關當年年宵賣符水，背後其實有一個驚天大秘密⋯⋯講唔講好呢⋯⋯因為我都唔肯定關唔關我事。算啦，見同大家咁熟，講出嚟等大家一齊保守呢個秘密啦！

其實當年年宵賣嘅符水，係唔止得呢支有氣礦泉水⋯⋯本來係有埋有氣薑茶、有氣羅漢果茶同有氣竹蔗茅根。話說我就去呢幾支嘢嘅飲品製造工場，拍咗集《國家級任務》，打算宣傳呢幾支咁嶄新嘅有氣飲品，拍嗰時我見佢有部巨型嘅清洗機器，用嚟洗整薑茶嘅薑，我見佢咁先進，於是就將對著咗咁多年都冇洗過嘅拖鞋擺咗落去洗。

拍完集嘢一排，集嘢都未出街，我哋公司就收到工場電話，話佢整出嚟嘅有氣薑茶、有氣羅漢果茶同有氣竹蔗茅根都無啦啦有問題，所以唔可以出產，淨係得有氣礦泉水冇問題。所以我先懷疑同我洗拖鞋有關，不過應該唔關我事嘅⋯⋯

最後就臨時拍咗大家睇到嘅呢一集喇～

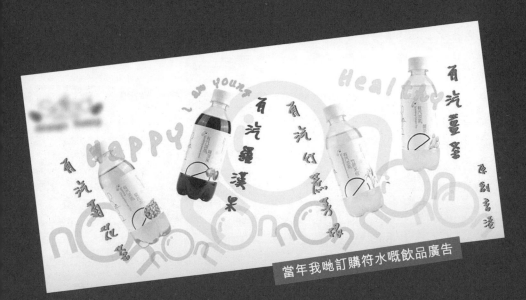

當年我哋訂購符水嘅飲品廣告

對拖鞋成五年冇洗過，
充滿住濃濃嘅古早味～

跟夏蕙BB上頭炷香

任務情報：

每年農曆新年大家最期待嘅節目係咩啊？
花車巡遊？賀歲煙花？梗係唔係呢 D 政府搞嘅垃圾節目啦！
係夏蕙 BB 扮生肖上頭注香啊～東方昇就趁年三十晚，
同東女郎遠赴黃大仙廟，飾演護花使者，
保護夏蕙 BB 上頭注香，順手插埋一份，
祈求自己新一年溝多 D 女。

BEHIND THE 癲

東女郎：

喺網上面留 Comment 頭香就成日試，上頭注香人生真係第一次，估唔到原來咁
辛苦㗎～嗰日下晝三點我哋就已經要喺黃大仙廟門口排隊，雖然唔係第一，但都
喺前列位置，本來以為去到夜晚，到時大家就會乖乖哋一個跟一個行入去啦，
點知完全唔係。原來差唔多時間，負責人就會開門，我哋係要由門口好似玩障礙
賽咁 L 樣，跑過九曲十三彎，又上斜，又上樓梯，衝到去中間個香爐度。如果
你唔跑，後面嗰 D 人就會超越你，為咗穩守保護夏蕙 BB 嘅最佳位置，唯有
跑啦⋯⋯

東方昇：

我心諗：跑入去？得啦！狗都唔 L 夠我跑啊！點知嗰 D 阿叔同師奶，唔知係
咪年年跑，黐 L 線！快 L 過我啊！跑到我喘晒氣！最後搶唔到靚位，好彩後尾
D 人知我哋拍夏蕙 BB，所以讓個位畀我哋。

因為嗰次係直播，開始咗先發現原來喺香爐前面仲要等一大段時間先插香，直播
又唔可以靜晒，我咪冇嘢講搵嘢講，亂 9 咁噏，可能講錯嘢得罪咗神明，點知
黃大仙又真係好靈，我有報應啊～返到屋企，由初一痾到初九，每日至少痾十次，
明明已經冇食嘢，菊花都不斷痾水，九日裡面，我未用過「東仔」痾尿，睇埋
醫生都搞唔掂，最後咪去黃大仙負荊請罪 Say Sorry。真係好神奇，道完歉出嚟
即刻喺黃大仙商場用得返「東仔」痾尿，冇再肚痾，所以黃大仙真係唔可以得罪！

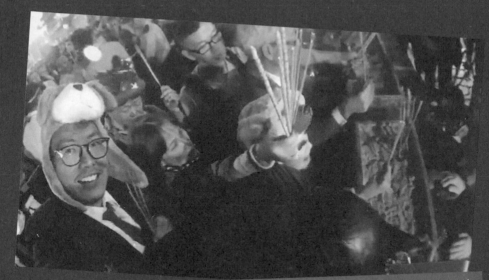

大家睇下善信幾認真，大家睇下我幾嬉皮笑臉，所以我肚痾係抵死㗎

拍攝當日最開心就係收到夏蕙BB呢封大利是

Part Time 狗奴

任務情報：

做人最忌 on Dog Dog，
但係做 Dog，就最忌主人黑 Dog 心，
鍾意嘅時候，就係咁撚佢；
唔鍾意嘅時候，就一 Dog 掟出街，搞到變咗流浪 Dog。
幸好香港有個地方，專門收留流浪狗，
東方昇為咗表揚呢個地方，甘願做 Part Time 狗奴。

BEHIND THE 癲

東方昇：

當時正值狗年，年三十晚嗰日香港流浪狗之家喺 Facebook Page Upload 咗條片，喺條片入面負責人準備咗大餐團年飯畀狗場內過百隻流浪狗，成班流浪狗 9 衝去開餐，場面何其壯觀，我立即有種想將我户口所有錢捐晒畀呢個狗場嘅衝動，不過當我冷靜落嚟，就諗：不如我搵佢哋拍集節目，等大家都有呢份衝動先！於是就聯絡負責人 Angela，做咗呢集《Part Time 狗奴》。

喺拍節目嗰時同 Angela 深入咁傾過偈，原來佢本身係做空姐導師，退咗休本來諗住歎世界，點知有日喺街見到 D 流浪狗冇人理咁慘，喺 2011 年就決定成立香港流浪狗之家，仲賣咗兩間屋，租地搞流浪狗場，自己同個女都住喺裡面。

我都係一時衝動想將我户口所有錢攞嚟幫 D 流浪狗，估唔到 Angela 冷靜落嚟之後，都堅持呢個好似好 on9 嘅決定，仲身體力行一幫就幫咗咁耐，我真係非常之佩服佢。如果大家都有衝動想捐少少錢畀佢哋，就快 D 去以下網址啦～

香港流浪狗之家網站：

我連 Ex 個名係乜我都已經唔係好記得，
但 Angela 真心每隻狗都嗌得出名～

呢班狗狗喺呢度無憂無慮，仲幸福過今時今日嘅香港人

國家級任務台灣篇

2018 / 03 / 08

一、《喜愛夜市蒲》

任務情報：

《國家級任務》首次獲得廣告贊助，

促成驚險刺激嘅台灣之旅。

難得可以離港拍嘢，

一落機東方昇就決定未開工先慶工，

慰勞一班出生入死嘅工作人員。

正當大家 Yeah 晒，

準備食九大簋兼包場唱 K 捹骨捹腳仔直落之際，

原來……

出片嗰排，正正係陳同佳喺台灣被捕，由於佢係用個 Gip 嚟運走屍體，所以之後嗰幾集我個超人喺 Gip 瞓覺嘅畫面都要無辜被 Cut 走 🙄

二、《夜場無限好》

任務情報：

眾所 9 知，台妹台仔出名開放，你睇羅志祥就知啦，
東方昇決定著上溝女戰衣，勇闖夜場呢個多人活動場地，
同一班喜愛夜蒲嘅台妹台仔吹下水，順便揸佢哋個 Line 同 IG，
肩負起促進中台兩性友好關係嘅重大責任。

我覺得當日全場最靚就係我身邊呢個女仔，
大家認唔認同啊？😏

三、《檳榔西施》

任務情報：
聽講檳榔對台灣男人嚟講，
就好似 Ben Chow 一樣重要。
為咗了解呢種喺香港係非法入境嘅
受管制物品係咪好似傳聞咁講，有壯陽作用，
於是搵嚟司機帶路，
喺衣著性感嘅檳榔西施調教下，
東方昇同小東方昇都進行咗
一次充滿歷險性嘅檳榔初體驗。

檳榔西施就會咁樣烏低身向司機兜售檳榔，難怪
台灣人話食檳榔有醒神同壯陽嘅作用啦～

BEHIND THE 癲

東方昇：

如果睇開我哋個節目，都知道《國家級任務》其實集集都好 L 癲，所以一直冇諗過有乜公司會嚟贊助呢個 19 節目，點知 American Tourister 竟然肯畀錢我哋賣廣告。喂大佬，人哋真金白銀拎出嚟做生意，搞得唔好，同燒銀紙冇分別！講到癲，我哋邊比得上佢哋啊？所以我真係好多謝佢哋，唔知仲有冇多鑊呢？我瀨埋 Gip 底都制啊！！！

不過嗰次拍攝過程都算黑仔，臨出發前，我發燒喉嚨痛！去到又連續落雨。第二日落夜場做訪問，個場嘈到冚家 High High High，嗌到拆天先聽到受訪者講乜，拍完把聲係拆到獎門人咁。

東女郎：

最難忘係拍嗰幾日，台北仲要地震囉～係我人生嘅第一次！我嗰陣返咗房，Feel 到震得好勁！（東方昇：我嗰陣沖緊涼，諗住浸個浴，打返個乞嗤 Relax 下！點見見到 D 水有漣漪，初初我以為係自己打咗個尿震，後來先知係地震！）震完之後佢即刻喺 Facebook 出咗個 Post，然後我阿媽直頭喺 Facebook 留言畀佢話：「請照顧我的寶貝女兒唷！」你就知幾大鑊！

特別篇之
毛記歷史性時刻

任務情報：

毛記葵涌喺機緣巧合再加上符符碌碌嘅情況下，
竟然可以喺香港上市。
毛記一班成世都冇乜見過大場面嘅偽人，
就去到港交所開 Party。

BEHIND THE 癲

東方昇：
當日我著晒拖鞋咁入去港交所，本來諗住最搶鏡仲唔係我！吖，最後竟然畀專家 Dickson 突圍而出，所以一定要交畀佢講下～

專家 Dickson：
我相信人人都以為我出去答問大會係公司安排，其實搞錯晒，成件事只係因為我中咗美人計。話説嗰日我喺港交所交換完上市禮物，諗住完成任務，等緊咁返屋企之際，眼前突然出現一個美女，自稱係財經記者，仲可憐兮兮咁話冇人答佢問題，問我可唔可以幫下手答嘢，我作為一個 Gentleman，梗係 You Are Welcome 啦，嘻嘻。

佢叫我跟住佢行，我以為係搵個靜 D 嘅地方談下心，點知佢係帶我行出咪竇，十幾個記者搵部機隊住我做直播，我咪同個靚女講：「咁大陣象？」佢仲答：「冇嘢嘅，你行埋去咪竇度喇。」冇嘢你都講得出！我呢鑊真係瀨嘢喇！邊會有女搵我談心好死啊？我真係蠢！咁點？咪當平時同女仔吹水咁，懶搞笑又唔好笑咁囉，好彩腦細冇炒我咋。

準備出席一件對公司

聽講我係香港開埠以嚟第一個著住拖鞋入香港交易所嘅人

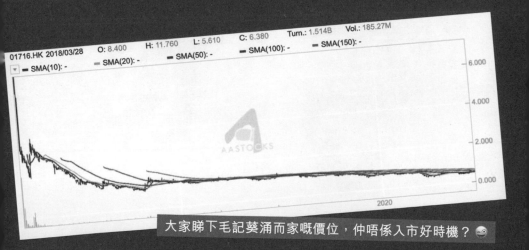

大家睇下毛記葵涌而家嘅價位，仲唔係入市好時機？😊

東女郎

笑聲笑聲滿載心聲

東女郎《東女郎的生物進化史》

我五年前喺 100 毛做網編，嗰時係完全唔識 Social，縮埋一邊，除咗同 Team 嘅幾個女仔，我唔會同其他人講嘢，連食飯都唔會出去……有時《六點半左右新聞報導》會搵公司 D 同事做路人甲，問親我，我次次都 Say No，久而久之，就冇再搵喇，如果真係要用一個標準嚟定義我嘅話，都應該算係宅女㗎喇。

直至轉咗 Team 跟《國家級任務》，因為係一定要親身去搵嘉賓約人嗰 D，我就要變得講嘢好 Social 咁：「Hi！！！你好啊！我係 100 毛㗎！！！你有冇興趣呢……乜乜乜乜咁啊？」點知愈做就愈 L 厚面皮，直頭行埋入去 D 鋪頭幫東方昇買大笨象 T-Back 都唔會尷尬啊（詳情可以睇返國家級第 39 集鋼管舞之練舞術師）！初初都以為係轉變㗎，但後尾諗返，可能其實我性格裡面都有呢一面，只係一直冇擺出嚟。

所以 Social 對我嚟講唔算咩困擾，反而最接受唔到嘅，係一年三百六十五日都要聽到東方昇把死人聲囉！佢把聲真係好 L 煩！！！開會嗰時又聽到佢把聲！拍片又要聽到佢把聲！走咗去剪片，都要聽到佢把聲！！！就算佢個人唔 L 喺公司，WhatsApp 錄音都係佢把聲啊大佬！！！你明唔明啊？我覺得呢樣嘢真係難頂過叫我去 Social 1000 倍啊 X！

又老實講啦，拍《國家級任務》的確畀咗好多新嘅體驗我嘅，個節目追求新鮮感嘅同時，我自己都長知識咗，不停咁學嘢。個節目係令到我個社交圈子都變得好新鮮，而家得閒會有人 PM 我，同我講自己失戀啊、考試好大壓力啊之類嘅問題，我都會同佢哋傾，我覺得對我嚟講，係冇諗過會咁樣，好似忽然間多咗好多朋友，都有滿足感㗎！亦可能因為呢份滿足感，我先至會仲喺呢度畀東方昇老點囉……哈哈。

特別篇之
拜訪「馬雲」之旅

任務情報：

《東方昇特異功能救香港》演出日愈迫愈近，
但由於東方昇忽下忽下忽到全宇宙都知，
右人願意做佢嘉賓，正當 R 甩頭毛之際，
竟然畀條癲佬喺網上發現「馬雲」都有得賣，
梗係即刻親赴成都。究竟呢個淘寶「馬雲」係乜料？
東方昇又能唔能夠請到佢出山？

BEHIND THE 癲

東方昇：

嗰時我同腦細林日曦度緊我個 Show 請乜嘉賓，而突然間記起之前喺網上見到大
陸有個冒牌「馬雲」，同真嗰個一 L 樣嘅，咁我就問林日曦可唔可以搵佢做嘉賓，
佢睇到 D 網上圖片，都覺得好似，好想見下佢，所以我哋唔 L 理咁多，純粹諗
住滿足自己嘅慾望，立即搵人挖佢出嚟！之後發現冒牌馬雲原來喺大陸有經理人
公司，佢住喺成都，於是嘗試邀請佢喇～我哋初初驚係呃 9 人，因為佢哋話請佢
嘅話要畀訂，筆錢仲要唔細！大家喺淘寶買嘢都瀨過唔少次嘢啦～萬一佢走數，
咪得天知地知我知，我喺 Show 度講返出嚟，大家一定唔信我㗎，到時我哋咪好
笨 7～所以聰明嘅我就諗咗條絕世好橋！我哋同冒牌馬雲講，話我好仰慕佢，為
表誠意，要親自上成都搵佢簽約，因為咁樣我就可以順手拍低 D 證據，萬一佢
走佬，我都可以喺 Show 度播返條片。好彩，最後冒牌馬雲都冇呃我哋。

假馬雲同真馬雲真係好似樣，
直頭同淘寶嗰D假貨同真貨比一樣咁似啊～

柯全壽　馬雲

嗰時我仲特登喺淘寶用十幾蚊淘咗呢隻碟送畀馬雲做見面禮

特別篇之

直擊子華神賣飛情況

任務情報：

棟篤笑達人黃子華開 Show，
仲要金盤唧口，全港梗係瘋狂撲飛，
睇下子華會唔會喺最後一場除褲或者真係回水。
可惜當時撞正黃牛黨盛行，
雖然子華都拍片叫大家唔好幫襯黃牛，
但東方昇為咗進一步保障大家權益，
親自落去賣飛地點監場之餘，仲挑逗一班南亞裔「粉絲」……

BEHIND THE 癲

東方昇：

嗰個禮拜真係慘，完全冇嘢發生，搵唔到題材拍，偏偏就喺呢個時候撞正黃子華
賣飛，大家都喺網上面熱烈討論緊 D 黃牛黨。

東女郎：

於是我咪建議直播賣飛情況，因為咁我就可以唔使剪喇！

東方昇：

落到賣飛嗰度，真係頭嗰行全部都係南亞佬嚟！我咪扮晒蟹埋去問佢哋有幾鍾意
黃子華，佢哋成班 Yeah Yeah Yeah 咁，擘大眼講大話，嗰種現實世界嘅荒謬程度，
真係好 9 笑過黃子華！

東女郎：

你亦係由呢集開始同 South Asian Boy 結下不解緣啊！之後嗰幾集，全部無神神
都關南亞裔事，你好似注定要同佢哋串埋一碌咁。

呢幾個南亞人話唔定已經炒飛炒到發咗達，真係好做過 Foodpanda！

執屍行頭慘過敗家

任務情報：

蘭桂坊係香港嘅劈酒溝女勝地。

女，溝當然冇問題，

但如果趁人醉倒街頭，順手執人一劑，就一定係罪！

東方昇今集決定化身黑絲大波醉嬌娃，

棄屍街頭，引淫棍現形。

BEHIND THE 癲

東方昇：

事緣因為由細到大睇報紙，都會見到唔少女仔飲醉畀人執屍強姦嘅新聞，而好多時仲要告唔入，每次見到都會諗：D女仔飲到咁醉真係傻，畀D狗公有機可乘啊！有一日忽然間諗，我扮女人咁靚，不如就出去蘭桂坊釣班咸蟲出嚟教訓下先！於是就度咗呢集嘔心得嚟又充滿正義感嘅任務喇～

嗰次係我第一次全裝上陣，著晒黑絲！裝晒假狗！嗯！我見到自己都有少少生理反應，我指想打 7 自己嘅生理反應！真心，呢次任務令我估唔到嘅係，香港其實都真係有唔少好心人好似我咁，都好擔心 D 女仔飲醉畀人呃，我呢個醉到籮柚向天瞓喺馬路嘅妖怪，冇人打我一拳不特止，竟然有唔少人埋嚟關心我，仲有人搵件衫幫我摷返住個八月十五！

呢集出咗街，有好多家長 Inbox 我，多謝我提醒 D 女仔，仲有 D 學生同我講，老師直頭當係教育電視，喺學校播啊！講真，知道咗之後真係好開心嘅，估唔到我拍 D 片咁重口味，但大家都頂得順，仲欣賞背後嘅用意，好感動啊！

《國家級任務》第十六集
執屍行頭慘過敗家

毛記電視

我承認我自己個樣，係有少少引人犯罪嘅～

C ████████ 2 years ago
好有教育意義🤣
👍 171 👎 REPLY

K ████████ 2 years ago
真係好專業, 同埋好有專業精神, 東方昇好正!!!!!!!!!!!!!!!!!!
👍 296 👎 REPLY

████████ 7 months ago
條女有鬚嘅(·Д·)
👍 2 👎 REPLY

我咁樣衰大家都欣賞我，真係好感動啊 🥺

母乳教學

任務情報：

聽講 BB 仔嘅時候飲母乳，
營養好 D、飲完大隻 D、
大個醒神 D、做嘢大力 D……
真係有千百個好處啊！
同時，社會又新興咗一行名為催乳師嘅職業，
東方昇聽落半信半疑，
所以搵咗個相關人士嚟了解一下！

BEHIND THE 癲

東方昇：

因為就嚟母親節，咪想講下媽媽背後嘅辛酸囉。我聽 D 生咗 BB 嘅朋友講，原來換尿片、氹 BB 瞓覺都係小兒科，最辛苦係餵奶！好多媽媽都想仔女健康 D 有營養 D，所以餵母乳，而最慘係有時會冇奶出！撞正嗰時有一種叫催乳師嘅職業，咁我哋咪就搵咗個專業嘅催乳師嚟訪問。條片出街之後發生咗件小插曲，有一部分嘅網民覺得催乳師有用，但又有另一班網民講返坊間唔少呃人嘅催乳師，亂咁催，搞到媽媽有乳腺炎，而佢哋就認為小朋友啜乳頭先係最好嘅催乳方法！經過呢件事，我先知餵人奶原來有咁多學問，估唔到拍呢個節目真係令我上咗寶貴嘅一課！

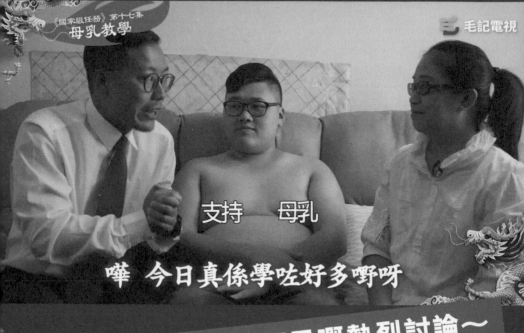

《國家級任務》第十七集
母乳教學

毛記電視

支持　　母乳

嘩　今日真係學咗好多嘢呀

呢一集掀起好多網民嘅熱烈討論～

 頭號粉絲

最強勁既催乳師只有bb嚹

讚好 · 回覆 · 2年　👍💬 73

 其實醫院同健康院都有免費母乳指導,如果真係有問題係可以揾佢地幫手的,而個度啲姑娘都有RN, IBCLC牌,又或者可以去見母乳醫生,坊間好多啲幾十個鐘訓練就攞張"國家揼乳師證書",一啲都無保證,又收到貴一貴,又吹到天花龍鳳,做媽媽要睇清楚啲
利申:本人乃母乳媽媽,小兒25個月仍餵母乳中

 👍 3

讚好 · 回覆 · 2年

一千蚊大冒險

任務情報：

東方昇呢條癲佬，
又再一次公器私用，
用公司嘅 1000 蚊滿足自己去冒險樂園玩嘅慾望，
究竟佢呢次去冒險樂園，
會為佢帶嚟幾多張飛？
而呢 D 飛可以換嚟嘅，
係禮物定係一個人生教訓呢？

BEHIND THE 癲

東方昇：

去遊戲中心拍呢集，其實係滿足我童年嘅遺憾，我細個嗰時好興冒險樂園、繽紛樂園、歡樂天地呢 D 我稱之為兒童賭場嘅地方，我同阿哥成日都好鍾意去玩，但因為家境唔好，次次都只係去睇人哋玩，情況就好似嗰 D 非洲兒童虎視眈眈咁望住其他人手上面嘅食物一樣。要到大時大節或者考試默書 100 分，我老母先會慷慨解囊，畀 100 蚊我哋換代幣，跟住我哋就會好好好好珍惜咁玩，玩到冇晒代幣，我哋又會再一次變成非洲兒童，真係諗返起都覺得陰公豬。所以我就諗，不如呢集就滿足我嘅童年慾望！用 1000 蚊公司錢瘋狂玩！換代幣嗰下，我忽然明白李嘉誠平時係咩 Feel，原來咁爽！玩嗰陣，唔少學生盯住我 D 代幣，直頭有種見返以前嘅自己同阿哥嘅感覺，所以拍嗰時我好疏爽咁派 D 代幣畀佢哋一齊玩，因為 I know that feel，bro。

大家有冇去過歡樂天地呢？我諗要有返咁上下年紀先知道係乜，
不過好似而家喺九龍灣已經重開喇！

毛記電視

《國家級任務》第十八集
一千蚊大冒險

最緊要唔好老人痴呆，知唔知呀？

聽講而家冒險樂園最大嘅收入，係靠一D沉迷、
上咗癮嘅師奶幫襯，仲聽講佢哋玩到要借大耳窿

實測淘寶美白神器

任務情報：

淘寶乜都有得賣，
但 D 嘢可唔可信，就見仁見智。
東方昇上網蛇王嘅時候，
發現一支美白神器，
聲稱黑人搽完都可以變白人！
勾起咗佢原始嘅獸性，即係好奇心，
東方昇決定犧牲佢嘅「波 Dee」做測試，
做一個半黑半白嘅陰陽人。

BEHIND THE 癲

東方昇：

呢集認真爽啊！我一到夏天就好鍾意去海灘曬太陽！但往往天意弄人，鑊鑊都係返工就出太陽，到放假嗰陣就落狗屎！於是我嬲嬲哋就搵集國家級去沙灘拍！等我可以攞正牌返工時間曬太陽兼吸女。於是咪點 9 東女郎求其上淘寶睇下有冇 D 同沙灘有關嘅 on9 嘢，而嗰時咁啱又有支美白神器，吹 L 到黑人搽完都會變白人，咁咪叫佢買返嚟拍囉～平時拍嘢我會嘩嘩臨拍完收工，而呢集我就特登慢慢拍，享受下人生～

東女郎：

你條粉腸就梗係享受得過啦！我嗰日唔記得帶防曬囉！嗰支美白神器可唔可以由黑變白我就唔 L 知，我拍完呢集就真係白雪雪變到黑 L 晒喇！

嗰日試完支嘢之後，我發覺佢所謂嘅變白，只不過係有 D 洗唔甩嘅白色粉沫黐喺皮膚上面，咁偉大嘅發明都諗得到，厲害了，我的國！

當日我真係搵咗個黑人問佢信唔信，
佢聽到即刻黑人問號

茶記實習生

任務情報：

講到香港最地道嘅嘢食，
梗係大排檔茶記啦。
一心向商界發展嘅東方昇，
想知道搞檔茶記有幾辛苦，
親自請教茶記老闆源哥，
仲搞到揸埋鑊鏟，鏟佢兩味！
唔知源哥會唔會畀佢搞到執笠呢？

BEHIND THE 癲

東方昇：

大排檔茶記嗰個大廚其實係我個 Friend 嘅老豆嚟。佢拍完拉我埋一邊，話有 D 嘢唔方便對住鏡頭講，要私底下同我咬耳仔！哦，原來係講佢 D 威水屎啊～

唔講唔知，佢係一個匿埋喺大排檔嘅高人嚟，以前幫過好多大公司度菜，就嚟執嘅許留山之前有款糖水都係佢度出嚟！梗係唔係芒椰奶西啦！你哋諗咗去邊啊？係又彈牙又有質感嘅芒果小丸子啊！不過由於佢份人太有謀劃太醒目喇，D 老闆忌才，次次合作都做唔長！鑊鑊都畀人過橋抽板，佢咪谷 9 氣，自己做老闆，搞間茶記搵錢仲過癮！

係咁Chok就得喇㗎

如果大家想試下佢嘅手勢，
不妨去北河街街市二樓熟食檔探下佢～

唔係我整㗎

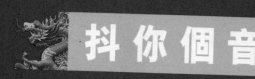

抖你個音

任務情報：

一陣大陸風借住隻新 App 滲入香港，

只要定力唔夠，突然寂寞奶奶……

就會即刻沉船，搞到一身大陸除！

呢隻 App 個威力簡直同 D 北姑一樣啊！

冇錯，就係嗰隻抖音喇。

東方昇為咗了解呢隻 App 嘅毒性，

以身犯險，跳埋一份，

究竟佢會唔會沉船又沉淪，變成正宗大陸佬呢？

BEHIND THE 癲

東方昇：

嗰排中國好興玩抖音，而且仲開始有傳入香港嘅跡象，於是我就好奇 Download 了解下啦，點知一睇，嘩，真係 on 9 到震，於是就決定抽幾條點擊率高嘅片，由我親自將嗰種低智嘅神髓演繹出嚟，警惕 D 香港人唔好玩囉～

唔知我係咪又衰太靚仔啦，呢集笑 9 抖音嘅國家級成功引咗好多平時冇睇開 100 毛嘅人睇，大家都知，睇開 100 毛嘅讀者不嬲智商都高 D，唔會誤會我嘅原意，至於冇睇開嗰 D 就……竟然蠢到以為我鼓勵大家玩抖音！我喺 Comment 度見到唔少留言話要即刻 Download 喎，我真係反晒白眼 😑😑 好彩！經過時間嘅洗禮，香港人終於醒覺，而家淨係得返班想搵大陸錢嘅人先會玩～

東女郎：

其實拍呢集有樣嘢好深刻，就係特別嘅時間，最嘥時間唔係剪片，而係教東方昇跳舞！佢完全屎到一個點，手腳唔協調咁，又記唔住 D 動作，全部舞加埋，我足足教咗佢半日啊，阻住我收工！

雖然我堪稱「葵涌加藤鷹」，不過呢隻咁嘅手指舞，
都足足練咗我大半日！

大家拎定紙巾啦！

《國家級任務》第二十一集
抖你個音

《國家級任務》第二十一集
抖你個音

唔係講笑，我玩咗呢隻 App 一日，
我嘅智商好似低咗，個樣都有 D 弱智～

貓仔嗲吔

任務情報：

你以為香港得樓奴同車奴？

錯喇，其實最多係貓奴啊。

不過做貓奴同一般奴隸係完全唔同，

因為佢哋真心愛貓貓，

莫講話照顧佢哋一世，就算照顧埋下世都仲得。

東方昇平時粗手粗腳，今集竟然主動去慰藉 D 貓貓，

咦！佢會唔會整親 D 貓貓㗎？停手啊！

BEHIND THE 癲

東方昇：

之前拍完流浪狗嗰條片，大家終於都明白我係幾咁有愛心，於是我趁住父親節，又去睇 D 動物，今次到貓仔喇～之前網上見到 D 人執到貓 B，然後主動幫手照顧佢哋，見到可以餵貓 B 食奶奶，好似好好玩好簡單咁，點知親身去做，照顧佢哋，先知原來餵奶奶嘅背後係要幫佢哋擠屎屎同痾尿尿，真係好似湊仔一樣，玩就開心，照顧就真係好辛苦㗎！不過攬住佢哋，幫佢哋拉屎嗰陣，真係好有做爸爸嘅快感嘅！

後來呢間領養中心見我撚貓撚得咁 Enjoy，仲請埋我去佢哋間新鋪做開幕禮嘉賓啊！

之後佢哋仲邀請咗我去佢哋領養狗隻中心做開幕嘉賓

大家不妨去捐錢支持下佢哋

滿城盡Gel水晶甲

任務情報：

女人鍾意 Gel 甲，
不過 Gel 甲絕對唔係女人嘅專利，
東方昇誓要成為全港第一個 Gel 甲嘅男人，
仲要一係唔 Gel，
一 Gel 就要 Gel 到最誇嗰個！

BEHIND THE 癲

東方昇：

平時成日見 D 女人 Gel 甲，Gel 到又厚又長，我就諗，咁生活咪好唔方便，真係扷屎都好驚拮穿張廁紙啊，咁刺激嘅嘢，我都好想體驗下啊～唔係唔拍返集國家級任務，滿足下我扮女人嘅慾望啊嘛！

不過整完先發覺，唔係講笑，Gel 咗甲真係拎嘢都成問題，急尿嗰時連褲鏈都拉唔開，莫講話仲要捉住條大蛇。最後拍完仲發現原來 Gel 甲唔難，整走佢先係最難啊……平時 D Gel 甲幾個星期左右，自己就會甩，但我 Gel 到咁誇，冇奶油由得佢㗎，所以要用打磨器夾硬整走佢，磨嗰時好驚一個唔小心，成隻 Gel 甲連埋真甲反晒出嚟，諗起都痛，嗰刻我終於明白女人喺美麗背後付出嘅代價！

美甲師將潛藏喺我心底裡面嗰份女人味 Gel 出嚟～

大家睇下我餵東女郎食燒賣，佢食得幾享受，
好多女 Fans 恨都恨唔到 😊

智破求職陷阱

任務情報：

每逢放暑假，總係有 D 求職陷阱，
引誘 D 入世未深嘅學生哥中伏。
東方昇同東女郎喺 IG 發現有班人請暑期工，
仲講到月入成五萬幾蚊。
為咗一眾未來主人翁嘅安全，兩位用自己做餌，
冒住畀人尋仇嘅風險，誓要揭發求職陷阱！

BEHIND THE 癲

東方昇：

嗰排暑假，我喺 IG 見搵到好多暑期工嘅 Post，全部都寫到又唔使做又有超高人工咁，邊有咁筍啊？一睇都知呃人啦～所以咪點9東女郎打去問。你知㗎啦，我把聲好似張學友一樣咁靚，叫我唱首《李香蘭》就得啫，點扮學生哥啊？東女郎就唔同喇，人靚聲甜，講多兩句，仲有初戀嘅味道嚟～唔搵佢搵邊個？

東女郎：

本身條片我哋諗咗好耐出唔出好嘅……因為嗰條友話自己有黑社會背景咁，而佢又講到話向澳門借錢，仲提到嗰 D 錢係唔見得光嘅，如果佢哋係巨大犯罪集團，佢在暗我在明，我哋隨時畀人尋仇㗎喎！

東方昇：

但考慮咗好耐，唉……為咗正義感，算啦，唔諗得咁多喇，賭一鋪啦。所以呢集我哋喺片尾寫話「如果冇畀人尋仇，下週四再見」其實係真㗎！

節目出咗街之後，有個受害者 Inbox 返我哋，話佢就係畀呢班人呃咗七十萬，佢就報咗警，雖然 D 錢拎唔返，不過就多謝我哋伸張正義。我哋總算做咗件好事，就算畀人尋仇都係值得㗎！

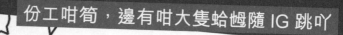
份工咁筍，邊有咁大隻蛤乸隨 IG 跳吖

2個讚好

毛記電視

alexlam_0319 你覺得一世打工可以發達？
前路茫茫不如比一個自己搵大錢既機會！
不影響現時工作、學業
歡迎查詢, 周轉及債務亦可 💰 現金出糧 Cash Only
酬勞全數7-8萬港幣, 最快4-7個工作天收錢
亦可介紹朋友{高佣金}

歡迎在職／失業人士、家庭主婦

毛記電視

如果介界人尋仇
下週四再見

呢一集我哋真係用生命嚟拍片㗎！

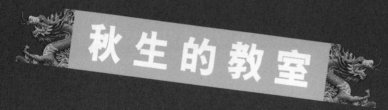

任務情報：

演藝學院一直有個傳說，
話有個白衣嘅長髮女鬼成日神出鬼沒，
東方昇今次唔止扮女人，仲扮埋女鬼，
決定嚇到演藝入面嘅演員身體入面嘅演藝細胞
同大腸入面嘅屎都一齊標出嚟啊！

BEHIND THE 癲

東方昇：

其實呢集主要係幫黃秋生宣傳佢套舞台劇，咁我聽聞過演藝學院有隻女鬼叫白衣
姐姐，成日無啦啦喺人哋綵排或者喺後台準備嗰時就飄出嚟嚇人，所以我就決定
扮佢！

嗰次係我第一次同秋生合作，初時我真係好驚驚㗎，因為我聽 D 人講佢都幾惡㗎！
講真，見到佢嗰下，我直頭覺得：佢仲恐怖過白衣姐姐啊！後尾傾落先知佢原來
係好 Nice，仲好直腸直肚嘅！明明我就係嚟幫佢套劇賣廣告，佢應該落力 Sale
先啱㗎嘛，但係佢竟然同我講：「我對套劇都唔係太滿意。」直至套劇上咗，我睇
完先發現其實套劇一 D 都唔差，秋生話唔好，係對自己嘅創作高要求咋！佢咁勁
都不停鞭策自己，我都要鞭自己多 D 先得！

國家級任務 第三十六集
煲劇攻略

毛記電視

唔好劇透

阿秋

毛記電視

所以今日就決定畀啲歡愉你哋

剪接師阿秋《飛沫中的剪接時光》

我成世女第一份工就係返 100 毛，第一份工作就係要剪呢條《國家級任務》……嗰時啱啱入嚟咩都唔識，已經好似打仗又冇帶槍咁得人驚，你知喇，東方昇份人要求多多，無端端又話要整隻公仔彈出嚟咁，再加上嗰時國家級本身都未成形，好多嘢未有定案，都咪話唔騰雞㗎。東方昇有時仲會坐埋嚟督促，雖然佢份人都算 Nice，亦畀咗好多創作空間我嘅，但係嗰時最常見嘅狀況就係條友一路講點剪，D 口水一路飛過嚟，我就要不停防止佢 D 口水射到我張枱周圍都係！頂！好核突囉！！！我有時剪剪下，仲會發現身邊忽然間唔知點解多咗隻腳喺度，原來係條核突佬晾咗隻腳上嚟我張枱度囉！唉，我可以點啫，唯有扮鎮定繼續剪啦……

做國家級其中一個好處就係可以成日跟佢哋出去玩，我最記得有一集，跟埋佢哋一齊去保護夏蕙 BB 上頭炷香，我咁大個女都係第一次企喺黃大仙廟出面等，然後一開閘就同東女郎跑到扯蝦咁衝入去霸位！同埋仲有一次係同韓仔教練做 Gym，嗰集都好玩嘅，不過我到而家都唔敢睇返，我真係咁大個女都未試過同陌生男人有咁親密嘅接觸，真係好恐怖！東方昇仲要迫兩個韓仔教練唱歌畀我哋聽！尷尬死！！！

作為一個剪接，其實都有自己嘅發揮空間，好多人以為我哋只係一對手，人哋話點剪就跟住做，事實並唔係咁㗎，我哋都要用腦去諗點剪先係最搞笑。《國家級任務》最好玩就係畀到呢個空間我，究竟用咩方式先可以將條片推到最好笑呢？整到 MV 咁？究竟行 Catwalk 點可以剪得最好睇？呢 D 位就係我可以加入嘅創意喇，我自己最鍾意係 LO BAND 嗰集同埋滅蚊嗰集，你哋快 D 去睇多次啦！！！

影葵花寶典

任務情報：

東方昇以一身汪阿姐心口兩朵大葵花嘅造型，
帶大家參觀佢嘅秘密後花園，
然後從大媽身上參透出攝影嘅真諦，
向大家傳授影相擺鋪屎神功《影葵花寶典》！
各位想呃 Like 嘅港男港女，
接招啦啦啦啦啦啦啦啦啦～

BEHIND THE 癲

東女郎：

本身我自己好鍾意影相，去親日本都會去 D 好靚嘅風景區影花、影櫻花！嗰日喺公司碌 Facebook 見到有 Friend 去咗元朗嘅信芯園，我都好想去影相，於是就慫惠東方昇去拍喇～

東方昇：

通常拍嘢嗰時，最神智不清嘅人就係我！但係嗰日我真係遇到勁敵！信芯園個老闆全程係隊住啤嚟接受訪問，去到後期，講嘢仲有 D 九唔搭八嚟！不過佢醉住同我分享咗個秘密。佢話佢隔籬嗰 D 地主好 L 賤，拎塊地嚟棄置廢物，搞到烏煙瘴氣！政府又唔搞水利工程，一落大雨就會水浸，浸到要揸船先可以出返去！政府根本想迫走佢哋，然後賣地畀地產商起 D 大家都買唔起嘅樓賺錢，所以香港人真係要多多支持支持信芯園老闆呢 D 仲堅持耕田嘅農夫。

信芯園位於元朗新田小磡村，每年夏天 D 太陽花就會開，大家快 D 去打卡～

我為佢瘋癲我為佢瘋狂呀簡直係

北方昇　東方昇　西方昇

有網友仲用咗呢集嘅相整咗呢張咁出色嘅圖

撩香港人金句

任務情報：

近期網上興起一系列嘅撩妹金句，

搞到無數少女心又喜心又慌。

東方昇忽發奇想：

「如果 D 死物都識講甜言蜜語，

香港人會唔會有公德心 D，錫錫佢哋呢？」

結果佢揀咗垃圾筒、公廁同交通燈做實驗……

唔知東方昇可唔可以幫佢哋搵到真愛呢？

BEHIND THE 癲

東方昇：

嗰排興 D 金句，係 D 死物撩妹咁嘅！我就諗：如果個公廁撩香港人講嘢，都幾過癮啊！吓？仲有咩其他拍攝原因？冇㗎喇！你估集集都有意思㗎？完～

屯門公路忍尿實測

任務情報：

「屯門山長水又遠」呢件事，
古往今來都冇變過，
雖然而家多咗好多交通工具，
但坐一程車出九龍、香港，閒閒哋講緊個幾鐘，
如果人有三急真係忍到有種膀胱畀針拮嘅感覺。
東方昇為咗體驗屯門人嘅辛酸，決定玩 9「東仔」，
特登飲三公升水挑戰屯門長途巴。
東方昇！瀨咗尿記得抹返乾淨張櫈啊！

BEHIND THE 癲

東方昇：

有網民睇完條片，笑 9 我冇膽，話我唔敢喺繁忙時間做實驗！其實我度橋嗰時，癲過大家所諗嘅 100 倍，我本身直頭諗住食瀉藥，著住屎片去坐巴士㗎！但係最後覺得無神神走去食藥都係唔好，費事教壞細路。

你估我冇諗過繁忙時間拍咩？但你知我份人大大聲，繁忙時間個個都爭取嚟瞓覺，我真係唔忍心嘈住佢哋休息，所以先揀冇咁多人嘅時候拍。我講咁多都係想話畀大家聽，《國家級任務》其實集度橋嗰陣都諗到好癲，但有時因為道德問題，局住收返少少咋！

放下屠刀蠟像成佛

任務情報：

成日有人話蠟像同真人差唔多，係咪啊？

嗱！如果有人扮蠟像，

而 D 遊客又一 D 都認唔出，

咁就證明係真㗎喇！

條傻佬東方昇，今次將會走入蠟像館扮蠟像，

同 D 參觀者嚟個零距離接觸！

BEHIND THE 癲

東方昇：

我哋呢個節目雖然廣告唔多，但我都唔係公廁嚟㗎喇！唔係話個客畀錢我，我就好似賣身咁，除褲跪低乜也都肯㗎！反而有 D 如果我覺得得意，就算喺度冇畀錢我，我都會自願瞓身去玩，呢次拍蠟像館就係咁喇！純粹係我有次放假去山頂經過蠟像館，心諗如果我扮下蠟像嚇下人，都幾過癮喎，於是就促成咗呢集。所以拍嗰時睇住 D 人畀我嚇到彈起，我份成功感真係令我有高潮㗎！呢份感覺比我收幾千萬廣告費仲開心囉～

為咗呢一集，我仲專登搵咗個化妝師幫我化咗個蠟像妝，不過出到嚟似死人化妝多 D～

鼻毛可避

任務情報：

你有冇處理鼻毛嘅習慣㗎？

用鉸剪、用剃鼻毛機剃、用手搣⋯⋯有冇試過用航拍機啊？

唔好話試吖，我相信大家連諗都未諗過。

咁快 D 撩乾淨 D 鼻屎深呼吸，睇下東方昇點用航拍機

將鼻毛連根拔起啦～嘩，真係睇到都痛啊！

BEHIND THE 癲

東方昇：

事緣係咁嘅，我有一日無聊行過公司影音部，見到公司買咗部新玩具，係部成皮嘢嘅航拍機喎～擺喺度唔起機，嘥咗 D 喎，梗係拎嚟拍嘢啦！諗咗好耐，究竟拍乜好？初初諗住正正常常揸下飛機算，後尾度下，唔係喇，就咁搵隻手揸飛機邊有膠潮㗎？不如用嚟搣鼻毛啦！一扯！嘩 X！諗到都 High 啊！

拍呢集嘢我需要一個攝影師出鏡揸飛機，於是就搵嚟第一次出鏡嘅攝影師阿 Pan 喇，我仲乘機逼佢著到《衝上雲霄》吳鎮宇咁有型。佢條友表面上話：「唔好啦⋯⋯唔好啦⋯⋯」其實不知幾鍾意拋頭露面！佢平時都唔會 Share 國家級 D 片嘅，今次條片有自己就即刻 Share 喎！密實姑娘假正經～

係喎，唔知聰明嘅觀眾有冇發現一樣嘢⋯⋯就係搣鼻毛嗰時，係冇航拍畫面㗎！點解？因為阿 Pan 條 on9 緊張到掛住揸飛機，根本冇 Roll 機！！！我 X 到佢飛 L 得高過部航拍機啊啊啊！！！

攝影師 Pan：

我真係被迫㗎～

東方昇：

你 En 唔 Enjoy 啊？ Enjoy 㗎嘛你！

攝影師 Pan：

工作需要囉⋯⋯我專業嘅⋯⋯

欲拒還迎，其實好想出鏡嘅
攝影師阿 Pan

衝上雲霄得㗎喇知唔知呀？

最後我真係將支鼻毛棍鑲起咗，
送咗畀《國家級任務》嘅觀眾

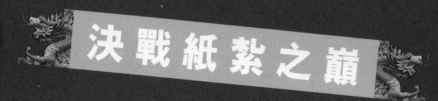

決戰紙紮之巔

任務情報：
唔止人間與時並進，就算喺陰間都係一樣，
鬼雖然死咗啫，但佢哋同樣追求生活質素，
所以紙紮鋪嘅產品日日新鮮，
務求令陰間嘅朋友潮爆鬼門關！
今集就等東方昇帶大家走入紙紮鋪 Shopping
睇下返咗 D 咩新貨，
等大家可以孝敬下同大家陰陽相隔嘅老人家。

BEHIND THE 癲

東方昇：
嗰日訪問完個老闆，點知咁啱撞正個紙紮師傅返鋪頭開工，我之前仲幻想個紙紮師傅一定係成頭白髮嘅 D 老人家，點知原來佢好後生，大概三十幾歲，原本諗住叫佢上鏡傾兩句，不過佢就怕怕羞羞咁拒絕咗我，但係就講咗個秘密我知。

原來早排有個黑社會大佬死咗要出殯，而佢 D 嘢就好有大佬心，除咗燒一大班因因服侍佢，同埋燒一大班兄弟保護佢之外，仲要求整一 D 武器，好似槍啊、火箭炮，咁畀大佬傍身！呢班嘢真係有義氣，唔知第日我死咗，大家又會燒 D 乜畀我喺下面享福呢？

東女郎：
呢集有一樣怪事發生，就係喺紙紮鋪拍完嘢返嚟，攝影師發現拍返嚟嘅片有一小段好奇怪，段片眨下眨下，好似電視雪花咁，之前一直未試過。嗰時咁啱雲海嚟咗公司拍《愛護同事協會》，知道咗呢件事，話我哋農曆七月拍呢 D 嘢有咁嘅事出現，梗係唔記得拜神啦！我哋又真係冇嘅……後尾雲海仲有出 Facebook Post 講返呢件怪事嚟～

死咗嗰個黑社會大佬有 D 咁嘅火箭炮，
閻羅王都要忌佢三分

紙紮師傅私底下整嘅 Hello Kitty 〜

雨中 Free 擔

任務情報：

好多年前有外國人喺街上面發起「Free Hug」活動，
將愛同陌生人分享，
而東方昇就喺滂沱大雨嘅銅鑼灣發起個「Free 擔」活動，
擔住一碌宇宙巨遮幫香港人遮風擋雨～
咁大把遮唔好話雨，
就算水炮車都奈我唔何啊！

BEHIND THE 癲

東方昇：

話說嗰個禮拜不停落雨，乜都拍唔到，我就諗：「拍嘢先嚟落雨，唔通連個天都
唔鍾意我😌唉！橫掂落雨，不如就拍落雨，我幫人擔遮啦！」

拍呢集嗰時都幾順利，唯一係發生咗一件事都幾得意，就係我擔擔下把巨遮過馬
路，突然間有幾個差佬喺隔籬行過，我作為一個有良知嘅良好市民，梗係走埋去
問佢哋：「阿蛇，幫你擔呀？」點知佢哋發現原來我係東方昇，立即雞咁腳走咗去，
情況就同 721 喺元朗站嗰兩位調頭走嘅阿蛇一樣，嘩，你估我係黑社會咩～

《國家級任務》第三十三集
雨中Free擔
毛記電視

Cover yourself

你睇下嗰日幾大雨 👀

呢兩位警察嘅背影好熟口
熟面，話唔定就係喺元朗
轉身走人嗰兩位

殺蚊戰士

任務情報：

白紋伊蚊喺香港肆虐，
長洲更成為佢哋最愛聚居嘅地方。
東方昇率領國家級任務團隊，
著晒防護衣，帶埋電蚊拍去長洲進行一場滅蚊大屠殺！
到底最後係佢哋成功滅蚊，
定係畀白紋伊蚊針到醫返都唔夠藥費呢？

BEHIND THE 瘋

東方昇：

其實呢集係滿足自己去長洲 Hea、食大魚旦、歎芒果糯米糍嘅慾望，除咗滅蚊呢個主題，真係乜春都有度過，去到見咩拍咩！咁我見人哋杜琪峰拍電影，喺現場「飛紙仔」，幾 L 有型！我又咁有才華，冇理由唔得㗎！梗係要試下啦！

東女郎：

拍之前我哋淨係訂咗件衫、買咗支滅蚊拍，就直接踩入長洲，而拍呢集對我嚟講，最困難嘅係要著住嗰件防護衣周街行，真係要恥力好高先做得出囉，平時都係睇住東方昇 7 咋嘛，點知今次要 7 埋一份！

嗱！我做足晒防蚊措施㗎，就係兩張防蚊貼～

入嚟長洲嘅主要目的，其實唔係拍嘢，而係品嚐呢兩粒大過波子嘅長洲大魚旦

線面得得 B

任務情報：

東 Beauty 正式開幕喇！

今次，東方昇挑戰古法美容技術⋯⋯線面！

佢將自己厚過鞋底嘅面皮，

以及新鮮嘅海膽交托畀線面阿嬸，

唔知會唔會美容失敗，

令佢塊面同海膽從此攬炒呢？

BEHIND THE 癲

東方昇：

之前拍咗集 Gel 甲，發現大家鍾意睇我做 D 美容嘢！OK～你哋鍾意睇我扮靚靚，我咪扮多 D 畀你哋睇囉！咁我之前經過屯門新墟街市，發現隔籬有間線面鋪，吖，麵線鋪就成日見啫，線面鋪就真係第一次，於是就搵佢試下～

其實嗰日線完面，塊面都真係滑咗，原來佢嘅原理就係用線刮走面上嘅毛同死皮，不過我個海膽就畀佢線到標晒血，痛咗幾日，真係畀佢線我一鑊甘。

而拍攝當日，我畀勁多街市買餸嘅阿嬸圍觀喺度笑，佢哋以為我係《東張西望》拍嘢！傻喋你哋！我東方昇咁 L 出名你哋都唔 7 識！返屋企睇 TVB 啦你哋！

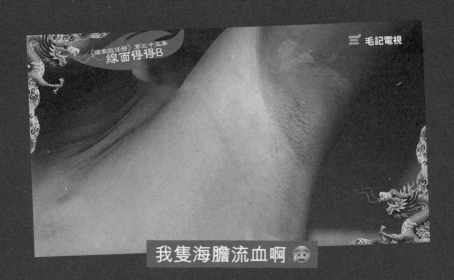

我隻海膽流血啊 😣

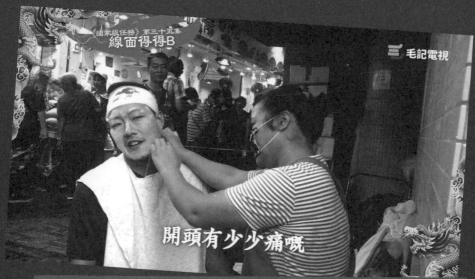

開頭有少少痛嘅

大家如果嫌自己塊面皮太厚，不妨去屯門新墟街市
橋底用塊面體驗下～

煲劇攻略

任務情報：

《延禧攻略》強勢侵略香港人，

成功奪取師奶們嘅芳心。

東方昇唔明點解大家咁沉迷呢套大陸劇，

決定喺公司進行一次玩命式大測試，

於是不眠不休馬拉松式煲劇，

一口氣連續睇晒七十集！

佢有可能成為世界上第一位煲劇煲死嘅人，

東方昇！唔好唔死，你要為香港人爭光啊！

BEHIND THE 癲

東方昇：

講起就嬲！嗰排返到公司，剪接師阿秋同東女郎淨係掛 L 住睇《延禧攻略》，乜 L 都唔做！我就諗：有乜 L 咁好睇啊？我又睇下先！但係我梗係唔會白睇啦，一陣套嘢好 9 悶咪嘥晒我 D 寶貴時間，所以直頭拍低我一口氣睇 L 晒佢嘅過程！

嘩，呢集可以話係最辛苦嘅國家級任務之一，辛苦唔單止係因為通頂冇得瞓啊，而且仲要喺煲劇過程中冇嘢講搵嘢講啊！原來我真係覺得我可以捱晒咁多集，但最後真係眼瞓到頂唔 L 順，瞓 L 著咗～唔係講笑，嗰時係發夢都喺腦入面播緊《延禧攻略》㗎 😫

兔の寫真

任務情報：

香港有一班杏家橙遺棄兔兔，
令香港兔友協會收容嘅兔兔已經到達上限，
要搬去一個更大嘅地方，
東方昇作為一個負責任嘅男人，最緊就係兔！
所以佢決定幫一班性感嘅兔女郎
影一輯全裸露毛寫真，
希望幫到呢班兔仔籌款！

BEHIND THE 癲

東方昇：

嗰時見到香港兔友協會出 Post 講急需資金去擴充，我梗係即刻響應，
拍返集《國家級任務》，略盡綿力，幫手籌款拯救兔兔啦～

訪問完佢哋先知，原來好多有養兔嘅人根本唔當佢哋隻兔仔係寵物，唔識抱又亂
咁抱佢哋，搞到跌斷腳，最後仲要捉佢哋出街！仲有啊，原來呢度除咗有男人遺
棄嘅兔仔之外，仲有 D 係大學用嚟做科學研究嘅兔仔，用完冇利用價值就男人
送到嚟呢度！

而我之後亦喺網上搵到資料話，好多化妝品其實都利用動物作為測試，當中最常
見係用兔仔極敏感嘅眼睛做測試，用夾固定佢眼皮，試洗頭水同其他美容產品有
冇對雙眼造成刺激，過程中要隻兔仔唔可以眨眼，某 D 測試甚至維持幾日，過
程相當殘忍。所以各位，請大家拒絕使用有動物測試嘅商品啊！

100 把風扇 的創業夢

任務情報：

創業最重要係咩？

魄力？No！魅力？No！精力？No！

係會嚇你一跳嘅創作力量同幻想先喺！

東方昇食完飯冇屎屙，忽發奇想，

買入 100 把風扇，紮埋一碌，帶落旺角幫人吹！

究竟呢門生意有冇銀用呢？

BEHIND THE 癲

東方昇：

嗰年唔知搞乜，去到 10 月都鬼死咁熱，有時行街見到 D 阿嬸揸住把「芭蕉扇」吹到高潮迭起，搞到我都想試下，但係又諗男人老狗拎住把咁嘅嘢周街走，真係好肉 9 酸！於是就畀我諗到買 100 把芭蕉扇紮起佢，喺條街幫人環保吹喇～

真正做落，先發覺原來好大陣象，最後我同班同事用咗成個通宵將 100 把芭蕉扇紮埋一碌。我知大家會問最後嗰 100 把風扇去咗邊，唔使擔心，冇浪費到，送 D 畀成日拍外景嘅同事爽下，剩返嗰 D 就派畀街邊嗰 D 有需要嘅人。

由於我哋通宵整咁 100 把風扇，仲喺上面食飯嚇，
所以吹出嚟嘅風係有飯盒嘅清香㗎 😊

《國家級任務》第三十八集
100把風扇的創業夢

毛記電視

我搭車都係
兩蚊咋

個阿伯畀我吹到見眼唔見牙啊！

鋼管之練舞術師

任務情報：

打開 IG，突然多咗好多囡囡跳 Pole Dance 嘅相，
睇到東方昇流晒口水，蠢蠢欲動想跳埋一份，
今次搵老師嚟教佢做一次鋼管舞男！

BEHIND THE 癲

東方昇：

嗰排突然發現 IG 多咗好多相，係 D 女仔著好性感嘅衫，擺晒 Pose 咁跳 Pole
Dance，我成日都想秒 Like，畀 D 愛的鼓勵佢哋，但係又驚畀人誤會，覺得我係
咸濕佬，雖然大家都知我係⋯⋯

其實我都想知揸住碌柱跳舞有幾過癮，於是乎咪搵集國家級去試下。真係未試過
都唔知原來跳 Pole Dance 係咁難，唔係屯門公園 D 大媽扭下扭下個籮柚就得，
一 D 好優美嘅動作看似好簡單，但原來係要用 D 大髀肉嗍實碌棍，而嗰舊可憐
嘅大髀肉就差唔多要承受半個人嘅體重，真係痛到仆街。

自從玩完一集，我之後喺 IG 見到 D 女仔擺 Pole Dance 相，我唔再驚人誤會，
直接 Like 落去，因為我真心欣賞佢哋喺成功背後付出嘅努力！所以各位靚女，
即使你著緊嗰件 Pole Dance 衫幾性感都好，唔使怕羞㗎，繼續 Post 多 D 啦～

表面上我影呢張相好輕鬆，其實我 D 大髀肉攝住碌棍，好 Q 痛㗎 🥺

A Queen

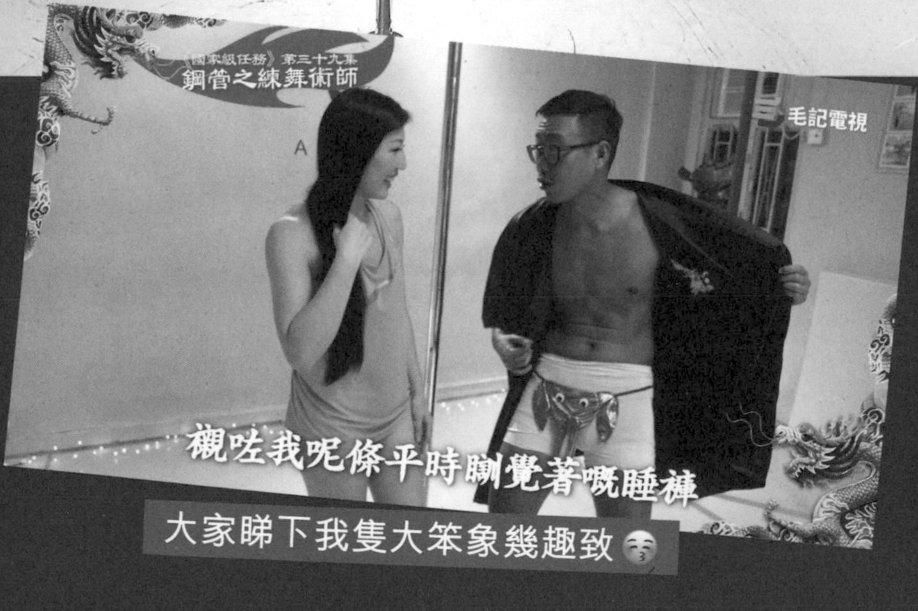

《國寶級任務》第三十九集
鋼管之練舞術師

A

毛記電視

褪咗我呢條平時瞓覺著嘅睡褲

大家睇下我隻大笨象幾趣致 😑

123，跳

攝影師 Danny

強力恥笑

笑聲笑聲滿載心聲

攝影師 Danny《後現代 TEA TIME 拍攝手法》

DLLM，《國家級任務》可能係我拍過嘅節目之中最 L Free Fight 嘅。每次 Call Time 一定係唔準，我當 Call 咗 3 點啦，通常都係 3 點去到個 Location 先開始度橋……咁都要搵個地方坐㗎！咪食個 Tea 先囉！呢個定律㗎，唔食 Tea 就唔會拍，食嘢嘅時間仲長過拍囉！X 你，食 Tea 仲要係 AA 制，你估東方昇會請你啊？不過有一樣嘢係真嘅，正如佢話：「X，9 拍都三萬幾個 Like 啊！你吹咩？」

講到最刺激，一定係第一集！因為冇 Standard，新節目冇嘢參考！同埋係玩偷拍，仲要去埋 D 哈哈笑骨場，點都會驚嘅……一開頭有一間擺明係有人睇場，叫我哋分開入房！仆街，一陣男人撻到 D 架撐，容乜易闖 9 咗我㗎！！！梗係即刻同東方昇轉場啦！佢都淆底嘅！好彩咁啱搵到間三個阿嬸開嘅，又幾好傾先搞得掂。

嘩！仲有一樣嘢，X 佢老味東方昇，佢覺得所有片都係搵部手機拍就搞掂：「手機得㗎喇！有條聲！攝影師都唔使㗎！！！」又講真，我都明嘅！佢唔係 Sell D 鏡頭，唔係 Sell D 乜 9 美感，佢係 Sell 內容同橋，唔使搞咩花臣，呢個就係國家級同其他節目嘅唔同。咁講，亦可能因為咁，D 片嘅彈性同新鮮感先會高咗好多，冇畀個框架揸死，多元化 D 囉。

Don't 大嶼 填海計劃

任務情報：

林鄭喺施政報告提出《明日大嶼》，
大嶼山填海起人工島計劃，仲要將五千億射落個島度？
東方昇要搶先一步，實測一下呢個連劉華都舉腳贊成嘅
大嶼計劃究竟乜料，點知到最後，
竟然畀佢發現咗一個驚天大秘密！

BEHIND THE 癲

東方昇：

東大嶼填海計劃洗咗香港人好 L 多錢，大家聽到都真心嬲咗！DLLM，D 錢係我哋呢 D 納稅人畀你㗎嘛！而其實呢個計劃根本就係想解決大陸嗰 D 產能過剩嘅問題，從中一定有 D 賤人得益！我好想做一集國家級講呢樣嘢，但又諗咗好耐都唔知應該點做好。平時我通常自己度橋自己拍，好少搵腦細一齊度，不過今次都要問下佢意見，結果佢就幫我度咗呢條好橋出嚟喇～

拍攝其中一件趣事係，本身我哋係想去喜靈洲掟個 Lego 島落海嘅，因為話個人工島就係起喺喜靈洲隔籬，點知去到先知原來喜靈洲係懲教所，要禁區紙先畀入，於是我哋唯有 on99 咁呆等咗好耐先等到船出返去，而 D 懲教人員仲以為我偷拍佢，一直啤 9 住我。

《國家級任務》第四十集
Don't 大嶼填海計劃

毛記電視

所以同打劫係冇分別嘅

明日大嶼其實真係同打劫市民冇分別，
各位唔好反抗喇，乖乖哋磅水啦～

《國家級任務》第四十集
Don't 大嶼填海計劃

毛記電視

填海工程立即開始

會計妹大起底

任務情報：

如果你以為標題嘅會計妹只係一個普通嘅會計妹，
以為呢集只係一套探討做會計背後嘅辛酸史嘅話，
未免太唔了解東方昇喇！
呢個會計妹，其實係一個硬膠味十足嘅 3D 公仔，
佢受歡迎到連動漫節都有人 Cosplay 佢，
佢咁硬膠，究竟背後設計佢嘅係咪更硬膠呢？
東方昇同你深入探討下！

BEHIND THE 癲

東方昇：

有次無聊睇到《宣傳易》，發現有個廣告叫咩會計妹，D 動畫好核突，好那似 Cult
片裡面嗰 D 角色咁。我平時最鍾意 D Cult 嘢同 on9 嘢㗎喇，咪想識下背後個創
作人，睇下佢係特登整 D 咁樣衰嘅動畫咁有幽默感定係真心硬膠！點知傾落先
知條友原來真係硬膠嚟嘅，而且都幾自大，D 網民係笑 9 佢個會計妹，而佢竟然
有一種終於得到人賞識嘅感覺。對住呢種人，我梗係《國王的新衣》咁，大大力
讚佢，讚到佢 High 到上太空，等佢暢所欲言咁講晒 D 全世界得佢明嘅理論同想
法畀我聽！呢集算得上係我拍嗰時忍笑忍得最辛苦嘅一集☺

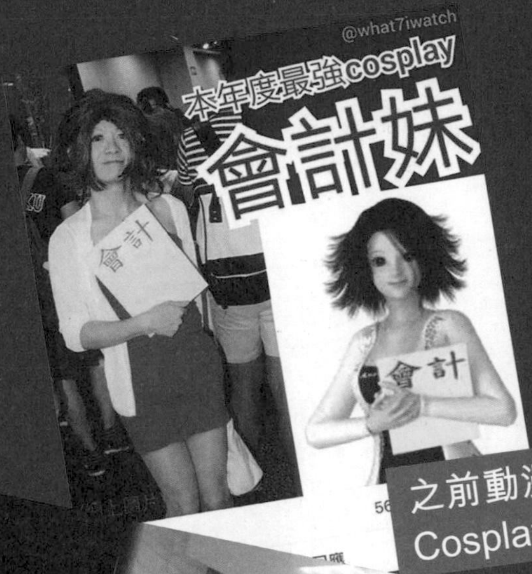
@what7iwatch
本年度最強cosplay
會計妹
會計
會計

之前動漫節已經有人
Cosplay 會計妹

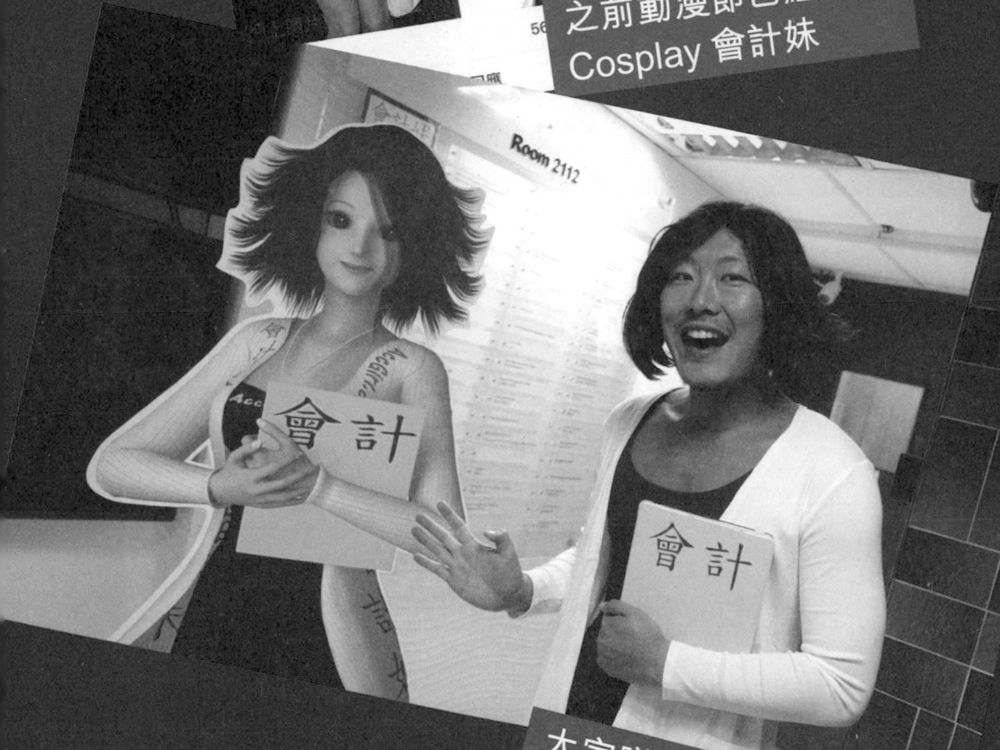
Room 2112
會計
會計

大家睇下我扮得幾似～

我愛東方 Sing

任務情報：

東方昇嘅歌喉，

相信係人都知係世界級……咁難聽㗎！

佢可以成功令人耳朵墮胎，仲要係從此不育嗰隻。

今集東方昇決定去搵兩個唱歌高人學唱歌，

究竟係邊兩位咁唔潔身自愛，

願意犧牲自己嘅聽覺呢？

BEHIND THE 癲

東方昇：

因為《勁曲金曲分獎典禮》嗰時，100 毛邀請張崇基、張崇德做嘉賓，佢哋一口就答應，所以呢次佢哋開演唱會，梗係即刻幫佢哋宣傳啦！

唔講唔知，未入嚟 100 毛做嘢之前，我係完全唔覺自己唱歌難聽㗎，次次同親朋友唱 K，仲要唱到大大聲，不知幾 Enjoy！D 朋友話我唱得好難聽，我覺得佢哋好可憐，因為佢哋根本唔知咩係好嘅音樂。直至入咗 100 毛，因為有時要錄歌，之後再聽返自己把聲，我直頭 X 咗出聲：「邊 L 個嚟㗎？咁 9 難聽嘅？」不過奇怪嘅係，每逢我喺片入面唱歌，大家都好似好鍾意咁，好啦我應承大家，我會 Keep 住唔進步，繼續唱到大家頂唔順，打 7 我為止 💪

老實講，到拍完嗰刻，我都仲未分到邊個係張崇基，邊個係張崇德🤨

《國家級任務》第四十二集
我愛東方Sing

毛記電視

霞HA蝦吓

任務情報：

為咗慰勞《國家級任務》嘅幕後女功臣，
即係東女郎同剪接師阿秋，東方昇決定搵嚟
兩個全天下女士都抵擋唔住嘅人間凶器。
佢哋就係韓國健身教練喇！
佢哋有胸肌、有腹肌、有強勁嘅臂彎、
靚仔、溫柔體貼，仲要識講韓文！
睇嚟東女郎同阿秋今集一定畀人操到成地濕晒，
我指操體能流汗流到成地濕晒！

BEHIND THE 癲

東方昇：

呢集擺明度嚟畀東女郎同一直幫手剪接國家級嘅女剪接師阿秋 Happy 嘅。咁我就知道有間鋪係專門搵 D 韓仔導師教人健身嘅，我見佢哋平時返工 Dry 到木口木臉咁，咪搵一個斯文、一個粗壯嘅健身教練去招呼佢哋囉。

佢哋全程嗌到拆天！好彩我哋拍低咗，大家知佢哋真係做 Gym 咋，唔係真係以為做其他嘢啊！不過今集佢哋剪片嗰時係剪得特別細心，原因係……本來呢佢哋身形都好苗條嘅，但由於佢哋全程做運動做得太投入，唔小心 D 肥肉走咗少少出嚟，所以佢哋要透過剪片，將大量肥肉剪走，所以係《國家級任務》有史以來剪得最耐、最有心機，同最有機心嘅一集 🙂

真係好大對⋯⋯我指剪接師阿秋對眼啊 👀

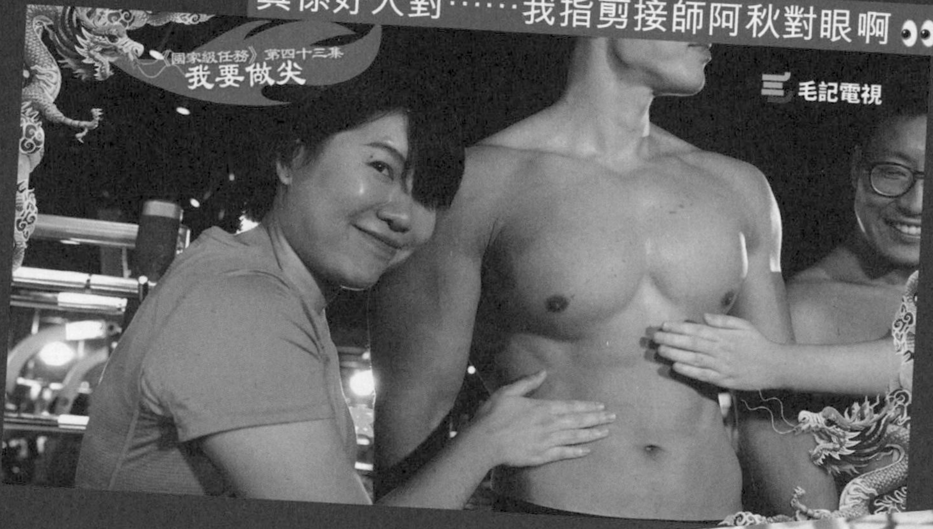

《國家級任務》第四十三集
我要做尖

三 毛記電視

《國家級任務》第四十三集
我要做尖

三 毛記電視

真係好L重⋯

你睇下東女郎幾蠱惑,特登搵 D
海水遮住自己條纖腰😏

皆大牛歡喜

任務情報：

學暴龍哥話齋：「D 牛歡喜一淥就縮，
要幾多個牛歡喜先夠炒埋一碟啊！就知有幾珍貴！」
東方昇見盤菜成日冇啖好食，營養不良咁，
特登帶佢食 D 好嘢！
而且唔止牛歡喜，仲有牛鞭、牛波子同牛春袋㗎啊！
不過我估大家諗都諗唔到，有人會一度食一度溚底！
你哋估下係邊個？

BEHIND THE 癲

東方昇：

本來見盤菜開 Show，咪借 D 椅話幫佢宣傳，實情諗計玩 9 佢，點佢去食人間至寶牛歡喜！！！點知真係食嘅時候，反而係我頂唔順，盤菜不知食得幾滋味，仲打包埋剩返嗰 D 返屋企慢慢歎！

你哋千祈唔好以為我頂唔順係因為牛歡喜 D 味好怪，佢陣味完全冇問題，食落亦唔腥，我諗只係我想象力實在太 L 豐富喇，將條牛鞭擺入口嗰陣，我腦入面諗咗好多唔應該諗嘅嘢……一諗起又想嘔 ⚫

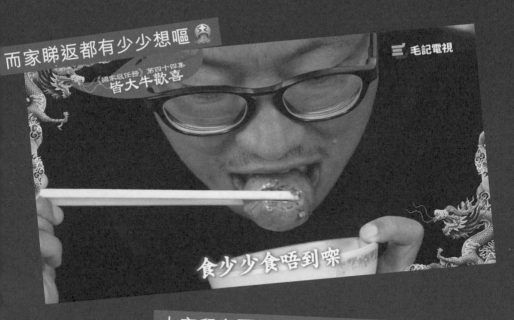

任務情報：

通常見到流浪漢，

我哋第一個主觀想法就係佢哋好慘⋯⋯

其實流浪都可以係一種生活態度，

東方昇想了解呢班咁灑脱嘅流浪者

平時點樣喺香港生存，

今集特登搵咗流浪界 KOL 做個訪問，

跟佢實習一日！

BEHIND THE 癲

東方昇：

嗰時喺網上見到個流浪漢定時定候喺圖書館 Update 自己嘅流浪生涯上
Facebook，覺得佢好灑脱，所以想搵集國家級任務訪問下佢，睇下佢係扮型定
真係有生活品味。

你哋唔好以為佢係流浪漢，就一定係懶，唔想做嘢！佢其實係一個哲學家嚟！
佢係搵緊一個方法，喺呢個資本主義社會去除工作煩惱咁，生活落去。佢亦唔係
社會嘅寄生蟲，佢話有時喺街執到兩毫子、五毫子，都會捐出去賣旗，因為有時
同人分享唔係著重多或少，而係幫助人嘅心。佢話，做人其實唔需要錢，好多人
生嘅煩惱，都係來自物慾，想要多 D 嘅嘢，只要拋開到呢 D 既有嘅想法，就可
以咁樣開心生活落去。

我耐唔耐都仲有留意佢個 Page，不過最近聽聞佢生 Cancer，我諗呢個哲學家連
窮嘅問題都可以看破，生死呢個議題應該難唔到佢嘅。

東方昇探

任務情報：

廣告出沒請注意！
冇錯，今次雖然係一個廣告，
但同時亦係一個挑戰！
東方昇要化身星探，幫卡夫出品嘅夾心餅搵代言人！
叹女同叹仔無數嘅佢，
今次又能唔能夠喺茫茫人海中
搵到隻優質潛力股做代言人呢？

BEHIND THE 癲

東方昇：

繼上次國家級台灣篇之後，竟然有第二間公司夠膽搵我賣廣告！就係卡夫芝士喇！
咁我當然要幫佢哋諗條好橋，報答佢哋啦～最後我決定喺街訪嘅時候搵小朋友嚟
訪問。

你見我同 D 小朋友打成一片，除咗因為我份人低能之外，仲因為我係經過長時間
嘅訓練。你哋有所不知，因為《今日問真 D》呢個節目頭兩年其實都係由我喺背
後親自落街負責訪問，而我當時係專搵 D 小朋友同阿伯嚟問，噚，絕對唔係因為
我有癖好！只係因為我覺得小朋友同老友記諗嘢嘅方式，同一般人係完全唔同，
所以令我搵到一套佢哋特別嘅溝通方式。不過我有 D 後悔，如果我專心溝女，
而唔係溝小朋友溝阿伯，我今日就可以專心食軟飯，提早退休啦 😣

老人與 Band

任務情報：

今集係全新國家級樂隊組成之日！LO BAND 老餅！！！
話說何韻詩搵東方昇宣傳音樂會，
本來諗住叫佢搞下氣氛，點知條癲佬真係組 Band 去唱歌！
仲要搵咗一班加埋有成四百幾歲嘅隊員，
當佢哋天真到以為一拍即合之際，點知⋯⋯

BEHIND THE 癲

東方昇：

聖誕節嘅時候，何韻詩搞一個連續幾日嘅露天音樂會，諗住搵我幫手宣傳下，
我當然撐佢，不過我就貪心 D，想乘機實現自己其中一個夢想，就係搞隊 Band
出嚟膠歌一曲！

呢個夢想點嚟嘅呢？其實喺好幾年前，我曾經睇咗一套台灣電影，叫《一首搖滾
上月球》，係講六個同時湊住患病仔女嘅老人家，突然間覺得係時候去追夢喇，
於是千辛萬苦夾隊 Band 上台表演！睇完之後決定有生之年，一定要好熱血咁夾
返鑊，而今次飛雲，機會嚟喇～

LO BAND 嘅電子琴魔，我係之前同黎明同鄭秀文拍廣告嗰時識佢嘅。一決定搵
老人家夾 Band，我第一時間諗起佢，佢仲話有班同佢一樣嘅中樂老友記有玩開，
嗰下我差 D 忍唔住笑咗出嚟，諗到我同佢哋格格不入個畫面都好笑啦咁話！何
韻詩知道我有個咁偉大嘅音樂夢，即刻好好人咁接受咗我嘅請求，畀 LO BAND
喺音樂會表演！唔講你哋唔知，咪以為夾嗰陣嘅氣氛好似條片睇咁和諧，其實 D
老人家個個都係性格巨星，好 L 有火，電子琴魔同笛子魔童直頭 X 晒老味！爆
晒粗互片。見到咁，我心情好矛盾，一方面覺得好 L 有火花，另一方面又有 D
腳震，驚最後鬧交夾唔成⋯⋯

信政府，唔驚 ✌

老人與Band

毛記電視

膀胱者清，膀胱者清

同佢哋拍嘢最辛苦嘅，係忍笑，
忍佢哋嗰 D 講唔正嘅廣東話 ☺

蛇王東

任務情報：

一睇東方昇個樣，就知佢腎虛啦，
所以係時候食蛇羹壯陽補一補～
不過佢話今次要與別不同 D，要自給自捉，
要食，就食自己捉嘅大蛇！
所以佢搵咗深水埗嘉玲姐教路，誓要同蛇搏鬥！

BEHIND THE 癲

東方昇：

一直都想拍下蛇鋪，不過未到冬天，驚補得滯流鼻血，所以咪等到冬天先做。
喺度不妨講埋，其實我拍國家級嗰陣，嗰 D 辛苦啊、驚啊、同埋唔想食，全部完
全係真實反應嚟，唔係夾硬演出嚟。譬如呢集，雖然老闆娘話 D 蛇已經剝咗牙，
但我都係好驚畀蛇咬，再加上佢 D 蛇嘅脾氣真係好臭，我自己嗰條蛇都已經好惡
成日攻擊人㗎啦，佢嗰度嗰 D，只係啤下佢都即刻想追住我嚟嗟！

好彩之後都食返佢哋個膽，壯一壯自己個膽，報返仇！我之前未食過蛇膽，初初
以為係苦，點知食完先發現係甘甜，聽講 D 歌手開 Show 前都會專登啪返粒，
大家想試不妨試下！

《國家級任務》第四十八集
蛇王東

毛記電視

動作經蛇后指導，觀眾切勿模仿

嘩！嘩！
個蛇頭無啦啦扯起隊埋嚟，好彩我縮得快啫！

《國家級任務》第四十八集
蛇王東

所以有得食就好食喇

間嘢喺鴨寮街，天氣轉涼大家快 D 去整返碗，
支持下呢 D 就嚟消失嘅小店

奇洛李維東回信

任務情報：

聖誕老人～～剝衫剝褲～～ Sor9y！
聖誕老人年年都要回小朋友嘅信，
又要騎住鹿車周圍派禮物，咁忙，實在唔應該喺度唱佢！
東方昇到大個都仲有童心，覺得如果聖誕老人回唔切，
D 小朋友收唔到信就會好慘好失望，
所以自告奮勇幫聖誕老人回信，
不過唔知小朋友收到東方昇回信，
會唔會仲失望呢？

BEHIND THE 癲

東方昇：

有一日，「郵心出發」嘅 Diana Inbox 問我有冇興趣訪問佢哋，我又真係有興趣，因為我本身係讀心理學嘅，所以知道點解答小朋友嘅疑問，或者須要安慰佢哋，係有幾難同埋需要 D 技巧，最重要係有同理心，唔係反而會令小朋友唔舒服，影響到佢哋。有時同小朋友溝通，唔使下下界意見佢哋，教佢哋點做，其實只要界到佢哋「陪伴」嘅感覺已經好足夠。因為咁，我覺得「郵心出發」肯抽時間去回覆咁多小朋友嘅聖誕卡，實在太好心！

不過佢哋今年聖誕可能會遇到一個難題，如果有小朋友見到香港而家咁，問佢哋：「香港將來會好嗎？」作為大人嘅我哋，都真係唔識點答……

大家得閒就去做下義工，唔得閒都 Like 下支持下佢哋啦

LO BAND 老處女演出

任務情報：

國家級中金屬樂隊 LO BAND 喺團長東方昇嘅帶領下，

終於要進行第一次公開演唱！

佢哋帶住沉重嘅樂器、同埋更沉重嘅心情、

埋藏心底四百幾年嘅音樂夢，去到表演場地！

現場一班粉絲熱烈歡迎佢哋，究竟佢哋係成功出 Show，

定係完美出醜呢？洗耳恭聽！

BEHIND THE 癲

東方昇：

練習嗰陣，我忍笑係忍得勁辛苦，因為中樂同《活著 Viva》真係完全唔 L 夾！佢哋又唔係好識譯流行曲 D 譜，每日都係自己彈自己，個 Beat 又完全唔啱。但係佢哋就係各自為政嗰下先正，完全打破晒一般人對夾 Band 嘅理解，咪就係一班人明明唔夾，都仲要喺度夾 Band，嗰下先係真正嘅熱血！！！再加上我唱得咁難聽，撞埋個觀感實係一流，我係愈夾愈興奮！

出 Show 成個過程，最辛苦反而係要好似湊細路仔咁湊佢哋，可能佢哋第一次喺咁大型音樂會演出，全程勁興奮，係咁問呢樣嗰樣，搞到我未開 Show 都要不停叫佢哋乖乖哋同氹佢哋！未唱已經嗌到把聲都沙晒，搞到我有 D「活著 Fever」🐵

呢件衫同我毫無違和感😶

LO BAND 帶埋佢 D 女嚟捧場，人不風流枉老年～

我墮入鹹網

任務情報：

鹹網對全球每個男人嚟講，
簡直就好似食飯一樣咁重要啊！就住呢個思路，
東方昇諗到一條晉身成為國際巨星嘅絕世好橋，
就係將《國家級任務》Upload 上世界性平台 Pornhub！
任睇唔嬲！唔知呢班褲都除埋，
諗住入嚟開飯嘅人，打開碗嘢發現係屎嘅時候，
會唔會搵東方昇尋仇呢？

BEHIND THE 癲

東方昇：

因為係《國家級任務》一周年，喺呢個歷史性時刻，我諗咗好耐要點樣紀念一下，
諗諗下就決定同我最喜愛嘅網頁 Pornhub Crossover，將 D 片 Upload 上去，作為
呢個偉大製作嘅里程碑！為咗呃到 D 除咗褲上 Pornhub 嘅人撳入去我 D 片度，
我都真係研究咗好耐，話晒平時都係睇多，開心 Share、Upload 片真係第一次，
最後決定所有國家級嘅片都要改一個鹹鹹咃嘅英文名同要有一張日本 AV 嘅封面
引人 Click 入去。

東女郎：

嘩，你呢個大諗頭就真係搞 L 到我，Pornhub 上片原來係冇得揀相做封面，所以
為咗呃到 D 人，我嗰晚要將五十隻 4 仔嘅封面癲返落五十集《國家級任務》度，
然後再 Output 返條片出嚟！條條片都成 8 分鐘咁長！搞咗勁耐！好彩我本身對
4 仔都幾熟咋！

東方昇：

最後最多 Click Rate 呃到最多鬼佬 Click 睇嘅片就係命名為 Have Fun With 80 Old
Grandma 嘅片，入面實情係我同夏蕙 BB 去搶頭注香嗰集國家級 😏

DongFongSing

 Subscribe

 Add Friend

65
SUBSCRIBERS

105K
VIDEO VIEWS

26
FRIENDS

我已經成功喺 Pornhub 呃咗十萬幾個 View，畀 D 掌聲自己 👏

Stream Videos Photos

Public

Have Fun With 80 Old Grandma 獲得最高 View Rate，睇嚟大家都好敬老～

Most Viewed

HD 25:36
Have Fun With 80 Old Grandma
DongFongSing
53K views 👍 67%

河栗伝説
HD 10:40
Old Man 4P 2/2
DongFongSing
13.4K views 👍 62%

HD 11:28
Put Your Long Snake Into My Mouth
DongFongSing
7K views 👍 59%

HD 10:28
Old Man 4P 1/2
DongFongSing
6.2K views 👍 62%

HD 4:58
Sexy Chinese Pig
DongFongSing
5.4K views 👍 86%

大橋未久
HD 5:20
Happy Footjob Massage
DongFongSing
5.2K views 👍 92%

愛護龜頭 人人有責

任務情報：

網上流傳一條生態紀錄片，
工作人員竟然喺隻海龜頭嘅鼻度抽出一條膠管，
而全港嘅大財團兼環保團體亦齊齊發起走飲管運動。
東方昇愛錫海龜頭就係人都知，梗係即刻響應啦！
佢仲幫咗飲管覺得唔方便嘅人，
創咗一系列冇管飲嘢嘅方法！

BEHIND THE 癲

東方昇：

嗰時香港開始興起走飲管運動。我自己係絕對贊成嘅，我本身唔係極端環保主義者，
只係一個希望喺生活上盡量環保 D 嘅人。而點知個運動開始咗冇幾耐，就有班網
民出聲，話冇飲管唔方便，又話 D 冰撞到 D 牙好痛，仲講埋「一支飲管用得幾多
膠」呢 D 咁膠嘅說話！我睇見呢 D 留言真係勁嬲！！！呢個世界本身都冇飲管㗎
啦，咪又係咁飲，你哋諗唔到點飲，係因為貪方便，但其實人類呢 D 一時嘅方便，
地球同其他動物都因為咁而無辜要負上沉重嘅代價。我拍呢條片，就係想笑呢班
自私嘅網民！拍完之後，成個人即刻冇咁嬲～前排同 WWF 嘅人合作，佢哋仲讚
我呢條片拍得好㗎啊 😊

毛記電視

然後喺龜頭裡面鉗咗條飲管出嚟呀

源：Sea Turtle Biologist

每次睇到呢張相，我自己嗰度都隱隱作痛 🥺

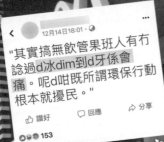

12月14日18:01

"其實搞無飲管果班人有冇諗過d冰dim到d牙係會痛。呢d咁既所謂環保行動根本就擾民。"

👍 讚好　　💬 回應　　↪ 分享

😆😮😍 153

嗰啲冰直接掂到啲牙呢

國家級任務 第六集
偷食總司令

毛記電視

為咗要賣甩跟住我哋嘅人

盤菜瑩子

毛記電視

牛開心

笑聲笑聲滿載心聲

盤菜瑩子《我同東方昇有冇可能發展為情侶？》

如果五年前，即係啱啱入 100 毛嗰陣，我覺得一定冇可能！嗰時拍嘢，佢度晒橋同稿畀我讀，但我都有想做嘅嘢，一唔跟，佢就唔開心，而我又火爆，成日鬧交。不過發生咗幾件事，令我對佢改觀。

有年聖誕 Party，公司搞飲酒大賽，個個走嚟隊我，搞到我醉咗，咁啱東方昇又醉醺醺行埋嚟，我咪同佢講：「我好想有節目，但傾極都傾唔成。我知！我唔得啊嘛！咪乜都冇囉！」點知佢劈頭話：「我就係覺得你得！我想你做好 D！」跟住，我咪有個舞台劇嘅，嗰時做得唔好，覺得自己冇存在價值。東方昇好快察覺到我有情緒問題，Send 訊息安慰我一輪，嗰刻開始覺得：佢個人都唔係咁衰啫。

喺度做咗五年，我本來想放棄，出去搵份長工做過世，但佢仍然繼續度節目畀我做，例如《圍爐取戀》，令我有返 D 希望，我覺得佢比五年前更識為人設想。你問我：有冇可能同佢一齊？咁而家我有男友，佢又有女友，梗係冇可能啦，但如果大家單身，都唔係完全相處唔到，不過……最好少 D 噴口水囉。

潮爆東門

任務情報：

神奇嘅大陸有個地方，

絕對係全球潮流集中地東京嘅翻版，叫做東門！

行完東門，直頭冇諗過再返東京啊！

究竟東門呢個地方有咩魔力？

究竟東門嘅老翻技術有幾高超？

今集東方昇決定踩入老翻鋪買衫衫，扮靚靚～

BEHIND THE 癲

東方昇：

呢條片係 Hit rate 幾高嘅國家級片嚟。

至於點解拍就係因為我一直睇巴黎世家唔 L 順眼，出 D 鞋又大嚿又核突，仲要幾千蚊一對！偏偏又好 L 多潮童懶有寶咁去買嚟扮有 Taste！我話佢哋鍾意 Taste 屎就真！嗰時撞正新年，於是咪拍一集國家級笑 9 D 潮童！

嗱！雖然你哋喺片睇到個店長好似好無奈咁，但係其實佢不知幾開心！因為佢當我係水魚咁撚，我上淘寶睇返買嗰 D 衫嘅價位，條友足足賣貴咗一倍啊！條片出咗街，又有 D 網民特登上東門去潮聖，點知見到佢而家搵塊布遮住個牌子，可能驚有咗我東方昇加持之後，佢嘅翻版生意太好啦～不過要喺度同八兩金講聲對唔住，因為佢可能以後都唔敢喺嗰度買衫喇 😵

一個字：潮！

毛記電視

SALE 全店減价大
消防　消防

余文樂陳冠希收皮啦！

外賣好西獻誠哥

任務情報：

東方昇今次要執行嘅，係一個極度艱鉅嘅任務⋯⋯
只要你喺香港出世，必定知道香港防守最嚴密嘅城，
唔係城門水塘，而係李家城！
即係大有錢佬李嘉誠嘅屋企啊！
呢鋪東方昇將會聯同 Foodpanda 嘅馬路戰士，
代全港打工仔送份外賣去李家城請李嘉誠食！！！

BEHIND THE 癲

東方昇：

國家級任務竟然有第三間廣告商肯落廣告。今次個客 Foodpanda 同我講，話條片只得一個要求，就係要爆！竟然夠膽喺我面前要求爆，所以我度咗條好橋畀佢，就係送返個外賣去 Deliveroo🐸 個客即刻話：「咁又唔好⋯⋯」既然係咁，我就把心一橫！叫佢送畀李嘉誠！點知佢又肯喎！唔係擦鞋，其實我幾欣賞 Foodpanda，有好多客話要爆，但又乜都唔敢做，佢哋竟然唔怕得罪李嘉誠，抵讚！希望單單客都好似 Foodpanda 咁，畀多 D 空間我呢 D 黐線佬發揮就好喇！

攬住佢嗰個好似安全氣袋嘅肚腩，
令我有一種好飽滿嘅安全感😋

傳說中嘅清水灣道 79 號嘅李家城～

耆英 PS 工作坊

任務情報：

教長者用電腦揸 Mouse，
已經唔係一件容易嘅事，
今次東方昇仲要傳授 LO BAND 一班老人家
用 Photoshop 整長輩圖嘅技巧。
你叫 LO BAND 彈下琴吹下簫就冇難度啫！
又要上網又要 Photoshop 咁，得唔得㗎？

BEHIND THE 癲

東方昇：

公司聯絡咗一間乾花鋪，想喺年宵個攤檔賣乾花，諗咗好耐都諗唔到點做先好，
我咪建議佢哋不如整實體長輩圖，因為嗰時真係好興長輩圖，成日都有人周圍
Send！為咗谷銷量，就想拍一集國家級做下宣傳。

以前成日咪見工聯會有 D 教老人家嘅課程嘅，我心諗：咦，不如就度一集教 D
老人家用電腦整長輩圖啦！我諗都唔諗，就搵咗 LO BAND 幫手，上次做完表演，
太耐冇見，真係有 D 掛住佢哋！！！

呢集其實唔簡單，相信大家都試過教老豆老母用手提電話啦，係教極都唔識㗎嘛！
我仲要教佢哋用 Software 整長輩圖！仆街，佢哋連 Mouse 都未揸得熟！教到我
嗌晒救命！不過好彩 LO BAND 老而不廢，好有興趣學。拍完之後，唔係講笑，
嗰刻我真係好 L 佩服工聯會 D 老師，咁有耐性！

真係家有一老，如有一寶，我仲有四個㗎！

毛記電視

喺我身邊又係LO BAND呀！

嗰年年宵我自己都擺檔，佢哋仲幫我影咗輯相，
宣傳我賣嘅嘢

婚禮司儀 PK 戰

任務情報：

專家 Dickson 同自己結婚，大排筵席咁樣樣，
作為好兄弟嘅東方昇當然立即爭住做婚禮司儀，
奈何佢自己都係一個初哥哥，
都唔知做乜先搞到氣氛……
所以今次特登請咗兩個專業婚禮司儀嚟做補習老師，
禁室培育東方昇！

BEHIND THE 癲

東方昇：

話說專家 Dickson 有個 Show，叫《一個人的童話式婚禮》，我咪幫手宣傳囉！
咁喺個 Show 裡面，我同利君牙就要做婚禮司儀嘅。

其實年中都有唔少人 Inbox 我，話佢老婆好鍾意我，問我可唔可以做佢哋嘅婚禮
司儀。我通常推嘅，原因有兩個，第一就係我咁靚仔，你老婆又咁鍾意我，一陣
一個唔該，你老婆愛上咗我，咁我咪即場畀綠帽你戴？另外我哋公司出親呢 D 都
會當一個 Event 咁計，事前又要搵一對新人傾偈，互相了解下嗰 D，收得一 D 都
唔平，所以我通常都會同 D 人講：不如留返 D 錢去度蜜月好過！

不過！如果你有好多錢！又鍾意我！又有信心你嗰個鍾意我嘅老婆唔會畀我撬走！
咪照搵我囉～～～～～

任務情報：

過年嘅時候，東方昇見到 Pantry 有罐嘉頓雜餅，
忽發奇想，諗咗一個玩命挑戰！
但係佢當然唔止自己玩自己咁 on9，
所以預埋大胃王阿 Mark 一齊玩，
究竟佢哋能唔能夠喺 30 分鐘啪晒呢罐出現喺
聖經故事五餅二魚入面嘅嘉頓雜餅呢？

BEHIND THE 癲

東方昇：

其實呢集係為咗東女郎而設嘅……因為嗰時我要綵排 Dickson 個 Show，咁做直播唔使剪，就可以方便到東女郎做少 D 嘢喇，大家睇下我呢個良心上司幾體諒下屬呢 🐙

嗰排 D 連登仔成日出 Post 笑嘉頓雜餅，所以想做一個食雜餅嘅直播，但係如果得我、東女郎同埋攝影師食，真係食死都未天光！咪即刻搵大胃王阿 Mark 幫手囉！嗰盒餅主要係阿 Mark 食，條友貔貅嚟，都唔知咩構造！食完咁 L 大盒餅，之後仲可以同 D Friend 去食宵夜！而我就之後嗰日都形住 D 雜餅喺我 D 腸度搞下搞下，甚至覺得痾出嚟嘅都一定係嘉頓雜餅！

芭蕾舞男

任務情報：

講到芭蕾舞，大家聯想到嘅係
美麗、優雅、藝術、文化氣息⋯⋯
不過，若果係東方昇去跳芭蕾舞⋯⋯
又會變成一個點嘅慘況呢？東方昇為咗同佢嘅
女伴 Carman 演出《雙 · 天鵝湖》，
竟然走去練芭蕾舞！

BEHIND THE 癲

東方昇：

我有時好鍾意借住拍國家級去體驗一樣之前完全唔識嘅嘢，呢次學跳芭蕾舞就係咁。我知你哋㗎！一路見住我跳，一路笑 9 我呀嘛！我話畀你哋聽，個過程其實好難㗎。我係拍嘢嗰日先見到個導師，可以話係空槍上陣，一 D 概念都冇。但係你知拍嘢，形唔似都算，個神一定要似！！！唔係拍出嚟會 9 流流咁！大家喺片最後睇到嗰 Part 舞，我其實 Take 咗五次！所以你哋下次笑 9 我之前，不妨諗下，你哋喺我傷口上面灑鹽，而我為咗大家灑鹽灑得開心，個傷口係我親手自己割自己㗎，我其實我真係愛大家㗎😬

毛記電視

Finish !

攝影音樂：Twins《新新步哈姆太郎》

兩隻冇胳肋底毛嘅天鵝 🦢

底褲・裸聊・釣狗公

任務情報：

東方昇據聞 IG 好多變態佬買學生妹嘅底褲，再次勾起佢易服癖嘅獸性，決定扮學生妹，聯同東女郎一齊釣狗公！後尾好似真係有條友上當，想同佢嚟一場 Video Sex……

BEHIND THE 癲

東方昇：

為咗捉淫賊，我同東女郎真係攪盡腦汁㗎！

東女郎：

我特登上喵 D 賣女人底褲嘅 IG 度睇，再開個賣底褲 Account Add D 買家，所以當我哋將 D 底褲擺出嚟賣嗰時，好快就有狗公上釣喇！係咪好醒先？不過當初我都嚇一跳，因為有好多變態佬 Inbox 我個賣底褲 Account，叫我 Send D 裸照同自慰片畀佢，為咗完成呢個咁偉大嘅任務，我咪猛講大話耍走佢：「屋企人喺度，拍唔到片啊！」佢真係堅 Chur！一唔應機就會問我：「妹妹，你做緊咩啫？點解唔應我啫？」

東方昇：

我想講，本身我哋係有個好 L 大膽嘅 Idea！但係因為安全問題，所以先變咗喺公司開 Cam！我原本係諗住搵東女郎做餌，約條友去公廁交收，我哋同攝影師就匿喺隔籬偷拍佢，一成交喺下即刻衝出去追住佢拍，嚇佢一鑊。不過我哋最後擔心安全問題，驚個變態佬太驚，衝出馬路畀車撞瓜咗！所以先算 9 數。係，我係擔心變態佬嘅安全問題……而唔係東女郎嘅安全問題啊，哈哈哈！

kikobbloveu

34 帖子數　522 粉絲人數　931 追蹤中

原味😊kiko（價錢表在ig）
學生妹😊17歲小妹妹😊只售
賣底底和所有貼身衣物😊😊
每日新鮮製作😊（多啲留意
story 更多
查看翻譯

追蹤　　傳送訊息

好評😊　已售底底　價目表　ii相

到今時今日都仲有人喺 IG 賣底褲👽，如果你要嘅話，
大家真係唔好幫襯，
最多我送我嗰條畀你！

變態佬
變態佬
變態佬
變態佬
變態佬

係咪墜機呀吓？

歡迎大家用嚟做 Wallpaper 👾

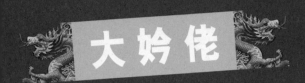

大妗佬

任務情報：

結婚咁多傳統習俗，讀書考試都記唔晒咁多啦！
好彩不嬲有個職業叫大妗姐，專門提新郎新娘做乜做乜，
唔係做漏咗一樣，第日多咗一頂綠帽就唔好啦！
平時粗枝大葉嘅東方昇又話要學人做大妗佬……
畀唔畀到幸福人㗎佢……

BEHIND THE 癲

東方昇：

有一排我見到婦女會擺街檔，喺度派D宣傳課程嘅小冊子，咪好奇拎本嚟睇下，打開睇到有得學做大妗姐，覺得過癮，就叫東女郎搵個大妗姐返嚟拍一集！

我自己都成日出席婚禮場合，幫朋友做兄弟！咁做兄弟嗰陣，我見到接新娘同玩新郎嗰D活動，我覺得好形式化，夾硬嚟，心諗：新郎真係慘，我呢世真係唔會做呢D肉酸嘢！

點知有年我阿哥結婚喺泰國搞，最後搵咗我去做類似大妗姐嘅角色，負責主持玩新郎！當時，我見到我阿哥讀愛的宣言嗰陣，真係願意喺咁多人面前跪低嘻嘻哈哈，我真心感動，因為呢樣嘢係要好愛一個人先做得出！所以我有D改觀，對玩新郎呢樣嘢亦有唔同嘅睇法，希望我第日都願意為一個女人咁樣做啦！

你睇下大妗姐個相幾咁有福氣，梗係啦，呢行好好搵㗎！

大家可以從東女郎嘅表情睇得出佢好恨嫁～

實測淘寶誇誇群服務

任務情報：

淘寶近期特別推出一個名為「誇誇群」嘅服務！
只要畀錢，你就可以入一個群組，
聽住幾百人齊齊歌頌你！
東方昇寂寞奶奶，想試下畀人讚到飄飄然嘅快感，
到底群組嘅人會點慰藉佢呢？

BEHIND THE 癲

東方昇：

大陸忽然興起 D 誇誇群，個玩法係你畀咗錢，就可以入群畀好多人讚美。呢 D 嘢真係大陸人先諗得出，可能因為佢哋生活喺壓迫之下，搞到心理唔平衡，讚賞都變為一種買賣，真係好悲哀！

不過自從反送中運動，我發現香港都出現咗港版誇誇群，但係我哋就唔使畀錢咁 Cheap 嘅！我哋為咗追求公義同自由出去遊行，大家見到面，會互相講加油！嗰種加油同一般嗰 D 交行貨嘅打氣嘢係完全唔同，我哋嗰種係因為有共同理念，共同目標，所以先會同對方打氣！互相鼓勵！大陸收錢嗰 D 就叫誇誇群，我哋香港唔收錢呢 D，係有另一個稱呼嘅，叫做「手足」！

送你一张专属彩虹屁
材生百人声优夸夸群

被夸体验
彩虹屁十级学者
百人大群 针对性吹捧
私人定制每一份赞美

私人订制属于你的赞美
专业夸人 招大学生夸手

**遇到你以后
其他女孩
都变成了黑白色**

彩虹屁 全全员红 无所不夸
关特送人叔性别音色字誊属没诗

￥15.00
81人付款

￥35.00
138人付款

￥40.00
110人付款

￥50.00
2775人付款

夸夸群一本高材生在线夸专业夸对象送
朋友送女友惊喜彩虹群

专业夸夸群一本高材生夸人微信百人夸对象
女友彩虹屁服务985在线

夸夸群一本高材生在线夸人群专业夸对象送
朋友送女友甜惊喜彩虹屁

夸夸群一本高材生在线夸人群专业夸对象送
朋友送女友甜惊喜彩虹屁

论美貌你是赢不了我的

**遇到你以后
其他女孩**

冲销量！！特惠！

专业夸夸群

而有大陸人就睇準呢個商機

聽講呢班誇誇群其實係一班搵外快嘅大學生

神仙群 （74人）

小哥哥的牙齿好整齐啊！！！

玻玻

网红的料

曦

🔊 2''

super 橙

过分帅气也是违法的！

Chandra J

你真的好有魅力

玻玻

现在要签名来得及吗

**佢哋讚人都讚得幾有技巧，大家不妨學兩句，
讚下你個老細，話唔定有得升職加人工！**

返老還童節

任務情報：

東方昇希望人人有童真，所以呢次借住兒童節，
精心策劃一個返老還童嘅 Party 畀 LO BAND 嘅電子琴魔，
搵埋小朋友阿 Sky 幫手，
睇下電子琴魔會唔會玩到唔願返老人院先！

BEHIND THE 癲

東方昇：

我想做關於兒童節嘅 Topic，就係搵個老人家體驗下而家 D 小朋友有幾陰公，
而 LO BAND 嘅電子琴魔係我識嘅老人家之中，性格最小朋友嘅一個，所以就捉
佢嚟一次「人生體驗」！

因為要搵個細路帶電子琴魔去返老還童，我特登搵咗一個做補習老師嘅朋友，
推薦咗一個學生畀我，就係片裡面嘅 Sky！唔講你哋可能都睇到，玩嗰陣，全場
最 High 嘅竟然係電子琴魔，反而 Sky 係非常冷靜，懶係老成咁，可想而知，
而家 D 小朋友畀功課同埋填鴨式教育搞到連玩嘅興奮都冇埋。

最好笑係我哋拍完執嘢啦，竟然畀我望到 Sky 自己一個匿埋一邊打機，相信呢個
可能係佢成日最 L 開心嘅一刻……跟住佢有機會又要返屋企做功課㗎喇……

而家做小朋友緊係要玩得癲㗎啦

就咁睇，其實游生似一個甩頭髮嘅學生多過似一個 80 幾歲嘅老人家 🙂

犀利

犀利

犀利

嘩～

單身狗公園

任務情報：

根據非正式統計，如果一個狗公帶住一隻狗公去溝女，
成功率會大幅增加 20%，為咗驗證一下，
東方昇請咗自願出征嘅單身狗 Greg，
帶住芝娃娃 Cha Cha、西摩 Oreo 同柴犬牙福
去公園撩女仔，加埋東方昇喺背後做軍師，
五隻狗公，萬佛朝宗，
睇下戰鬥力係咪即刻提高 100% 先！

BEHIND THE 癲

東方昇：

今集好有意義喋！對阿 Greg 嚟講……因為係佢第二次喺《國家級任務》出場啊！
仲有得溝女！其實係我聽 D 人講，好多男仔養住隻狗，唔係因為佢哋本身鍾意狗，
而係為咗溝女勁 D。有隻狗狗，就可以借 D 椅叫 D 女仔上嚟屋企睇狗狗，然後同
個女仔瞓埋覺覺豬囉！為咗測試下狗仔係咪狗公嘅最佳戰友，我決定出動公司嘅
最強武器阿 Greg！阿 Greg 係一個心地善良嘅好仔嚟，只係外貌有 D 輸蝕咁解啫。
所以我搵佢幫手，佢好快答應咗！喂，我知佢只係想幫世界上所有單身男士做呢
個實測，並唔係自己想乘機溝女，你睇佢心地幾好 🙂

我拍呢集最開心嘅，係見到阿 Greg 拖住 D 狗狗，當堂成個畢彼特咁，信心返晒嚟！
我諗佢成世仔都未試過同女仔傾得咁過癮！如果你哋都想好似阿 Greg 咁，記得
對 D 狗好 D 喇！

有人話，狗係人類嘅最佳朋友

畫面裡面有四隻狗公，其中一隻
係冇閪嘅，大家估下係邊隻？😛

呢個角度，其實阿 Greg 有 D 似姜濤

阿東整餅

任務情報：

要做一個人人食到 Lam Lam 脷嘅 Pizza，
並唔係一件容易嘅事！
東方昇今次竟然夠膽下戰書，
挑戰 Pizza Hut HK 師傅 Frankie，
同人哋嚟一場薄餅大賽！
為咗戰勝 Frankie，
東方昇特登研發咗一款史無前例嘅 Pizza……

BEHIND THE 癲

東方昇：

嗱，利申先～我哋嗰時接呢個廣告，仲未有反送中運動，大家仲未開始杯葛怡和，
未開始杯葛 Pizza Hut 嘅，所以先會幫佢拍片。

講個秘密畀大家知，我整嗰個 Pizza 可能因為 D 料多中式嘢，所以出到嚟似蔥油
餅多 D。冇錯，新鮮出爐嗰陣，真係 Pizza Hut 個 Pizza 好食 D 嘅，但係擺落街
搵人食完畀分嘅時候，因為兩個 Pizza 已經凍晒，所以 Pizza Hut 個 Pizza 已經冇
咁好食，反而我整嗰個 Pizza 有一份鹹香，仲好味 D，D 人仲話嗰個鹹魚味好出
好掂好正！我唔喺條片講……係因為做人都係謙虛 D 好，低調咋！

劇透者聯盟

任務情報：

人類知道咗一 D 嘢，就有衝動同其他人分享，
所以只有死人先守到秘密。
睇完套劇，好想劇透！
點忍啊？唔緊要，東方昇發明咗一樣工具，
專幫大家解決劇透症！就係神器「劇透者之霸」，
等佢話你聽部神器係點用㗎啦！

BEHIND THE 癲

東方昇：

有排 Marvel 咪上《復仇者聯盟 4》嘅，大家喺到話劇透死全家，我見兒童節同
LO BAND 電子琴魔玩得咁開心，突然又好想見佢，於是又搵咗佢拍呢集冇乜
營養嘅內容 🤨

若然大家留意開《國家級任務》，應該發現我哋成日喺葵芳、荃灣啊，總之就係喺
公司隔籬拍嘢，其實冇乜特別原因㗎咋，咪就係方便早 D 拍 L 完收工囉～哞！
唔係淨係我係咁㗎，杜琪峰導演都係拍觀塘當拍晒成個香港㗎啦！我都係學佢咋！
如果你哋想撞下我哋拍嘢嘅，咪多 D 落荃灣路德圍啊、葵芳新都會啊嗰 D 地方囉，
話唔定上埋鏡嘅啊！

賣 Seafood

任務情報：

香港地想做 D 小本生意，維持生計，都要捱貴租。
就好似街市咁，唔少海鮮檔老闆捱唔住貴租，
搞到執笠收場！東方昇決心挽救 Seafood 業，
搵賣魚檔華女學藝之餘，仲向佢獻上銷售大計！

BEHIND THE 癲

東方昇：

有日睇到篇訪問，話馬鞍山街市有個靚女賣魚！馬鞍山喺我主場嚟㗎喎，有靚女我會唔知？我就睇下佢咩料！所以搵咗東女郎幫我做聯絡，借拍國家級去睇下女仔，點知嗰個靚女原來係我 Fans 嚟～呢次仲唔係一拍即合！冇錯，呢個靚女就係華女喇！華女真係靚女嚟，性格又開朗，亦因為咁，拍嘢嗰日，佢男朋友全程喺隔籬望住，有時仲會特登埋嚟同華女打情罵俏，宣示主權！我心諗：傻仔嚟嘅，如果我要鍊，姜濤都唔夠我鍊啊！不過見到佢咁大反應，我就可以肯定佢男朋友係對華女真心㗎！好啦，派少一日綠帽啦～

可惜有樣嘢係慘，拍完片大概三個月左右，領展就用翻新做藉口，趕走 D 小鋪，而家我去嗰個街市，所有舊鋪係執晒，直頭面目全非！領展正一仆街嚟！搞到 D 小店又搞到 D 居民選擇少咗，而家要買埋晒 D 貴嘢，所以大家要多 D 支持小店，唔好幫襯領展啊！

實測淘寶哄睡服務

任務情報：

繼上次誇誇群嘅收費服務，
東方昇又喺淘寶發現到另一個服務，
就係專門氹人瞓覺。
唔好心邪，
唔係氹其他人上你屋企嗰種「瞓覺」啊，
係真係搞膠豬嗰隻啊！
到底東方昇嗰隻膠豬會唔會畀佢氹到呢？

BEHIND THE 癲

東方昇：

因為淘寶上面實在有太多奇怪嘢擺出嚟賣，所以我咪又叫東女郎上去搵 D 最 on9 嘅嚟拍！而氹人瞓覺嘅哄睡服務就係其中一個喇！

不過其實除咗呢個服務，仲有一個淘寶服務我係好 L 想拍，但係就拍唔到，嗰個就係一個幫人拍片拍廣告嘅服務！好似只係需要 500 蚊人仔，我都想 un un 腳唔使做，睇下 D 創意無限嘅大陸人幫我拍集咩嘅《國家級任務》出嚟～可惜……佢哋間公司唔記得喺大陸唔知邊度，唔可以直接喺網上買，真係國家級嘅一大遺憾！

《國家級任務》第六十七集
實測淘寶哄睡服務

毛記電視

覓

02:32

是不是很多人找你哄睡覺？

聽講佢咁樣氹人瞓覺，都可以搵到萬幾蚊一個月，
咁樣咪即係好做過……

晚安樹洞

【傾音家】学习监督督促治愈拖延症叫醒起床电话哄睡声控人工阿

价格 ¥5.00
约 TWD 22.91

30 累计评论
3 交易成

配送　湖北宜昌 至 香港新界葵青区 ▾　快递 免运费 ▾

数量　－　1　＋　件(库存41827件)

立即购买　🛒 加入购物车

承诺　🚚 官方物流-集运　🏪 本地超商取货　🚚 官方物流-直送

支付　7-Eleven FamilyMart FamilyMart　财金　JCB
玉山銀行　VISA Visa　Master

只要你畀咗錢，佢就會喺指定時間打畀你

處女膜修補術

任務情報：

今時今日，大陸竟然連處女膜都修補得到？
連處女都可以係假，究竟仲有乜可以係真㗎？
東方昇身先士卒，返大陸一探究竟！唔使懷疑，你冇諗錯，
佢係冇處女膜嘅，所以佢係迫東女郎同佢一探究竟！

BEHIND THE 癲

東方昇：

成日睇到大陸有啲乜咩割包皮服務，話咩買一送一，我心諗：挑！！！割包皮碎料
嚟啫，我自己去淘寶買個包皮切割器落嚟，想割幾多都得啦！使乜特登返大陸搞啫？
要做就做單勁 D 嘅，咁啱又畀我哋睇到一 D 大陸醫院聲稱可以幫女人修補處女膜去
呃佢哋老公喎……處女膜穿咗都有得補？梗係同東女郎北上了解下啦！

我哋去到嗰間整容醫院，一入去已經大開眼界，我咁大個仔，都未 L 見過成間醫院
D 女人個個都一樣樣㗎！我唔係話整容有問題，但大陸 D 女人真係整到一式一樣，
而且手功又差，整到一睇就知係人造人。咁當然，我哋為咗安全離開間醫院，喺條
片度我都同登記處個整容護士講：「我見你整容整得咁靚，我當堂都對你哋有晒信心！」

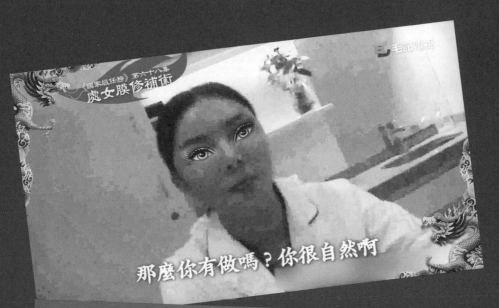

《國家級任務》第六十八集
處女膜修補術

毛記電視

那麼你有做嗎？你很自然啊

望完 D 膠人，再望返東女郎個樣，
其實佢真係幾靚～

毛記電視

同大家了解吓修補處女膜係一回咩事

特別篇之
東方昇跛腳之謎

東方昇：

其實我從來冇向大家講過我跛腳嘅原因同過程，就喺度同買咗書嘅你講下啦～

諗返起嗰時跛腳，真係一個慘痛經歷㗎。

係咁嘅，有一晚我喺公司做完嘢放工，約咗D朋友去踢波。我一落場跑咗兩步，就發現自己今晚個態好Fit，直頭C朗拿度咁樣，自信心係瀉到塊草地都濕晒，可能因為咁，咪所有嘢都搏到盡！點知就喺我以為自己標童冇有怕嘅時候，有一球Chance波竟然出現喺我眼前！

當其時，我遇神殺神，遇佛殺佛，一扭十，殺到入禁區，喺我面前只係淨返一個廢柴後衞，嗰一刻，個波喺我左腳，雖然我唔係左腳仔，但係我嗰日Fit，莫講話左腳，我用中間隻腳都射得入啦，所以咪夾硬射埋去！結果同人哋個後衞腳撞腳炒埋一碟，本來都冇咁大鑊，最仆街係我嗰日冇L戴波Pat（護脛），我成個人成條香腸喺地下碌嚟碌去咁，痛到起唔返身。

後來我捽腳，愈捽愈痛，直頭想休克啊！咪Call白車去醫院，照出嚟嘅結果係腳骨裂9咗！我心諗唔L係掛！之前聽人講骨裂要休息好耐㗎喎！最後真係唞咗半年，咁都算，最陰公係佢嚿石膏打到上我大髀內側，我連痾屎都要合埋對腳痾啊😢

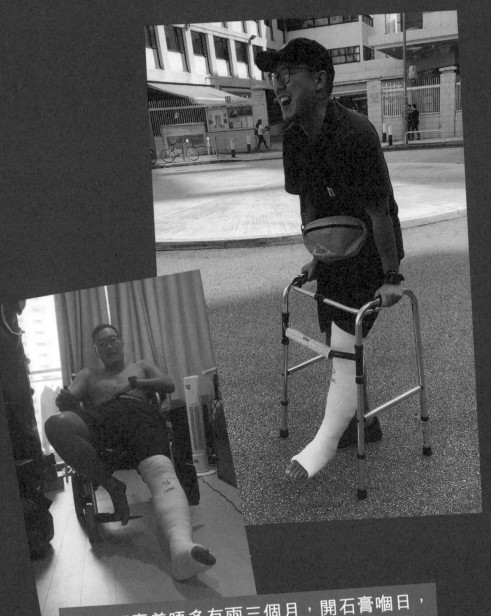

打咗石膏差唔多有兩三個月，開石膏嗰日，
隻腳D老泥厚到好似著咗對絲襪咁！

超合作運動

任務情報：

登記做選民，然後去投票，
其實係公民責任嚟，如果人人都唔企出嚟投票，
咁香港嘅議員席位從此就會畀蛇齋餅粽控制晒，
咁就真係玩完㗎喇！為咗鼓勵香港人登記返做選民，
東方昇決定出嚟旺角街頭，諗辦法叫人登記做選民。

BEHIND THE 癲

東方昇：

喺我跛腳休息咗半個月嘅時候，香港就開始咗反送中運動。我喺直播睇住大家，我真心好無奈自己點解要喺呢個時候整跛咗隻腳，去唔到遊行。後來見到網上文宣叫人做選民投票，我心諗，遊行就話驚坐住輪椅有事累到同路人，但拍片叫人做選民投票，我坐輪椅都做到，於是我就決定跛住腳出嚟拍呢集國家級。

平時我成日喺地鐵站同火車站出口見到一 D 傷殘人士坐住輪椅籌錢，就連我自己都會忍唔住捐埋一份，咪有樣學樣，坐住輪椅叫 D 香港人登記做選民，祈求可以打動佢哋盡返一個公民應有嘅責任。後來選舉成績出咗，話今次多咗好多首次登記投票嘅人，我好開心啊，我當正自己有功勞㗎喇～

嗰日拍完呢集，返屋企隻腳仔痛咗幾日啊，慘慘豬 😢

呢個係咪音準遊戲嚟㗎？

連儂人

任務情報：
各區發起連儂牆運動，
不過藍絲見到連儂牆就發晒癲咁又打人又斬人！
東方昇有見及此，就化身連儂人，
畀大家貼 Memo 紙喺佢身上，睇下藍絲敢唔敢撕！

BEHIND THE 癲

東方昇：
我自己睇返呢集，我當時填嗰首《In 咩盡》，都覺得當時好天真好傻。

Imagine there's no 藍絲
冇人睇 TVB
No 狗 打 9 us
連廢老都上街
Imagine all the 藍絲
變晒做黃絲（唯瘓～瘓瘓瘓～）
Imagine there's no 克警
一哥冇得 do
全部戴返委任證
And no 催淚彈 too
Imagine all the 克警
唔使死全家（汪汪～汪汪汪～）
You may say I'm On9
But I'm not 九唔搭八
I hope 校長 you'll join us
香港人 will be as one

嗰時香港情況仲未去到好差，正如歌詞所講，我真係覺得 D 藍絲咁腦殘，
只係因為未了解真相，我真心期望佢哋會變黃。當時依然相信克警只係少部分，
都仲有白警，點知現實就係事態不斷差落去，由最初嘅催淚彈，變成更大傷害
嘅布袋彈，市民由驚到流眼淚，變成被狗打到流血……

所有嘢都崩壞得太快，而且一切都返唔到轉頭。

大家見唔見到我哋後面有個白衣人準備襲擊我哋！

最乖拍檔

任務情報：

2019 年 7 月 21 日，
元朗西鐵站出現一批白衣人，
手持攻擊性武器毆打車廂中嘅乘客，
警察遲遲未到。
八鄉屄忽官光頭人東方昇現身說法，借歌抒情。

BEHIND THE 癲

東方昇：

我相信，嗰段時間，係全香港人心情最差嘅一段時間。其實 721 之後嗰幾日，都不停有人 Inbox 我，話元朗嗰個光頭指揮官似我，其實我都覺得好似，不過我真係心情差到唔係好笑得出，但仍然覺得應該趁呢個契機，出嚟拍返一集國家級，記錄呢件事。

前排毛記嘅另一個節目《星期三港案》訪問咗被打壓嘅《頭條新聞》吳志森先生，當中有一段說話，我覺得幾反映到反送中之後拍國家級嘅情況：「呢十個月，我睇完呢類新聞好激動，痛苦嘅地方係你要將痛苦嘅嘢化成笑話，過程一 D 都唔開心。」所以條片嘅歌詞，我度咗好耐，唔係因為難填，而係無論點填，都冇辦法放開心去笑。不過我認為《國家級任務》有責任令大家睇到一個歷史嘅真相，喺苦笑嘅過程面對現實嘅殘酷。

鐳射很危險

任務情報：

警察將鐳射筆定義為攻擊性武器，
更喺記者會中以實驗解釋鐳射筆對警察嘅傷害，
究竟咁 L 大殺傷力嘅鐳射裝置有幾易買到呢？
等東方昇帶大家落去香港最大嘅軍火庫，
即係深水埗，同大家東張西望！

BEHIND THE 癲

東方昇：

嗰排嘅國家級都係 Keep 住拎 D 社會荒謬嘅嘢嚟拍，因為眼見住一個生活咗咁多年嘅地方，每一日都有 D 荒謬到癲嘅嘢發生，有時仲要唔止相隔一日，可能中午荒謬一次，夜晚又再出現另一個荒謬。而我作為一個創作人，面對荒謬，亦只能夠用我嘅創作去表達畀大家知。

拍呢集嗰時都仲會諗：即使香港咁差都好，好彩仲有創作自由，但到今時今日，國安法已經被強制推行，《頭條新聞》又被打壓，睇嚟我哋連僅有嘅創作自由都即將冇埋⋯⋯

法律懶人包

任務情報：

今時今日，如果法律知識薄弱 D，
隨時都會被砌生豬肉，
雖然，第日可能法律知識豐富
都未必可以避免危機，
但東方昇為咗保障大家嘅權益，
特登搵咗個律師返嚟教大家避凶，裝備自己。

BEHIND THE 癲

東方昇：

愈嚟愈多人因為反送中運動被捕，當中唔知幾多年輕人因為唔熟悉法律，喺被捕嘅時候唔知應該點做，徬徨無助。好彩有班讀法律畢業嘅人，願意拎佢哋嘅知識出嚟，幫助大家喺呢個平時冇咩機會接觸到嘅範疇，了解更多自己應有嘅權益。

老老實實，社會運動裡面出現無數嘅濫捕、濫權，偏偏法律嘅灰色地帶竟然可以令呢 D 濫捕濫權合理化。仲有監警會嘅審查，根本告得入濫捕警察嘅機率就係微乎其微。每當睇到呢 D，我就對法治感到失望，不禁問自己：香港仲係一個法治社會咩？多得呢班年輕律師，多得佢哋願意企出嚟向大家講解法律權益，我先見到法律界嘅一點點曙光。

教你破柱

任務情報：

政府推行智慧燈柱監控政策，

以後隨時畀人望到實一實，

東方昇天生對科技有獨特嘅觸覺，

一眼就睇穿漏洞，等佢教大家點樣破柱！

BEHIND THE 癲

東方昇：

冇諗過香港會有用智能燈柱嘅一日。呢個所謂嘅科技，講真，令我非常之咁擔心！因為大家都知道，世界上有一個國家就係一直用呢個方法呢種燈柱嚟監察人民，當中仲涉及信用評分嗰 D，一個唔該，有日喺街無端端畀人捉咗都唔知咩事。我真係估唔到呢樣只應該出現喺科幻劇集《黑鏡》嘅嘢，會活生生咁擺喺我眼前！

如果當權者可以咁樣任意監控人民嘅話，社會就會變得好恐怖，好似做每一樣嘢都有另一對眼去批判你、望實你，咁樣嘅世界同北韓有咩分別？唔係，應該話比北韓更差，因為北韓嘅科技冇咁進步⋯⋯

我哋香港人都唔需要驚㗎
夏天拍嘢，真係衫都濕L晒 🌧🌧🌧🌧🌧

我要初鏈

任務情報：

各區學生喺學校上堂前，自發性手拖手形成人鏈，
表達自己對訴求缺一不可嘅堅持。
可惜同學仔之間有時總會因為肌膚之親，
產生怕怕羞羞嘅情緒，東方昇今集就教大家，
點樣互相拖住一樣物件，
能夠聯繫人鏈而不怕尷尬。

BEHIND THE 癲

東方昇：

呢集我想交畀一直合作無間，內心最善良嘅阿 Greg 講！

Greg：

條片出咗街之後，好多人問我：東方昇餵我食嗰嚿魚生，究竟係咪真係吞咗落肚？
我係食咗嘅，本來我係諗住唔食，但嚿魚生送到入口，嗒落又真係幾甘甜幾好味，
所以不知不覺就吞埋喇。

大家咪見到我著住嗰套女仔校服嘅背後咪爛咗嘅，其實係因為我太大隻，件校服
本身係女仔碼，Size 唔啱，所以咪剪爛後面，夾硬塞入去囉。呢次好似係我第一
次喺螢幕前面扮女人，不過我拍得都已經豁咗出去㗎喇！呢個 Look 出咗街之後，
好多中小學嘅同學都打嚟問嗰個係咪我嚟……仲有親戚擺咗我扮女人張相喺家族
WhatsApp Group 畀阿婆睇，佢哋笑住問我點解咁做，我冇應佢哋，但我不知幾
開心～

東方昇：

估唔到你同我一樣，都有鋪易服癖，既然你咁 Enjoy，下次預埋你，大把機會～

於是我今日就搵嚟我學生時期嘅初戀情人

毛記電視

阿 Greg 扮女人，的確畀到人有初卵嘅感覺 😌

毛記電視

第 76,78-82 集

國家級任務
巴基斯坦篇

2019 / 09 / 18　**76** 集

一、《巴基之旅》

任務情報：

今次東方昇收到
香港公平貿易聯盟嘅邀請，
要去巴基斯坦視察下當地
男女嘅不平等問題情況！
聽講嗰度有恐怖分子㗎！
條癲佬會唔會有危險㗎？

2019 / 10 / 03　**78** 集

二、《M 巾來了我帶路》

任務情報：

從來冇諗過 M 巾呢種
高科技文明嘅產物，
喺巴基斯坦竟然係一種禁忌㗎！
有 D 女人甚至唔敢畀人
知道自己 M Come 咗！
東方昇再次出賣佢嘅 Body，
化身女兒身潛入超市買 M 巾，
然後再街頭測試巴基斯坦人
對 M 巾嘅反應……

2019 / 10 / 10　　**79** 集

三、《性教育強中學》

任務情報：

香港小學已經有性教育，
喂！唔係講你哋自己上網睇嗰 D 啊！
而係指正式喺學校嗰 D 性教育堂啊。
但係原來巴基斯坦嘅小朋友就冇咁好彩，
上堂完全唔講性。咁點得㗎？
東方昇今集就化身性教育強中學老師，
同佢哋嚟一次正確嘅性教育！

2019 / 10 / 17

四、《巴基司機》

任務情報：

頭搖又尾擺，飄移境界！

邊個話一定要揸 GTR 先可以捹個靚彎甩個靚尾，

巴基斯坦嘅司機就算著住拖鞋，揸住架電單車一樣

跑贏你哋，令乘客 High 到樂而忘返，

唔信？你睇下坐喺車尾嘅東方昇同

東女郎驚到嗰個樣？

2019 / 10 / 24

81 集

五、《Make Ball, No War》

任務情報：

唔講唔知，原來製造得最多足球嘅國家，竟然唔係巴西，
而係巴基斯坦！而且有部分仲係出自巴基斯坦女仔
無法可休息的一對手！東方昇今集嘅任務，
就係要令佢哋識用手造波之餘，仲要識用腳踢！

2019 / 11 / 01

82 集

六、《巴基食玩買》

任務情報：

巴基斯坦之旅終於嚟到尾聲！梗係爭取時間喺度食玩瞓、
行街街啦！你哋千祈唔好以為好歎！
東方昇佢哋一行人，除咗畀幾千個南亞人
追足幾條街之外，仲要食 L 到嘔，
到底佢哋上唔上到飛機返香港㗎……

Behind the 癲

東方昇：

其實呢次去巴基斯坦，唔係因為我鍾意食咖喱，而係公平貿易聯盟主動嚟邀請我去，關注下巴基斯坦嘅男女唔平等問題嘅。我聽到就覺得好有意義，因為巴基斯坦原來係足球嘅最大出口國，而呢 D 足球，竟然係由一班女人收住一個極唔平等嘅人工辛辛苦苦整出嚟，你知我最憎人哋恰女人同刻薄員工㗎啦！我梗係即刻答應啦！仲要唔收錢幫手嘅啊！！！

跛咗隻腳 換返條命

不過喺去嘅過程，其實都有 D 阻滯，本來我哋諗住 6 月去，點知我好衰唔衰，整跛咗隻腳仔，搞到成個拍攝行程須要延期……後來先知可能係命運嘅安排，我命中注定唔使死住啊！原來嗰期巴基斯坦發生內亂，有一班恐怖分子專門攻擊酒店，仲要出晒炸彈，局勢好緊張！所以就算冇跛我哋都未必夠膽去。而且又咁啱得咁橋，香港嘅反送中運動喺 6 月嘅時候又係打到興烚烚，講真嗰時都冇乜心情離開香港拍嘢。搞下搞下，個 Project 拖到 8 月先開始，本來我都考慮咗好耐，究竟仲去唔去呢？你知啦，我係一個負責任嘅上司，我條命唔緊要，一陣一個唔該，炸 9 死咗東女女郎或者攝影師，咁就真係唔知點賠返畀人哋老豆老母喇！好彩，後來巴基斯坦嘅局勢都穩定咗，所以我哋終於正式出發喇！

比香港人更香港嘅巴基靚女

我哋全程都係跟住個巴基斯坦導遊搵食，佢堅係靚女，係連我香港人都覺得靚爆鏡嘅種，又笑得甜！我夠膽講，佢喺巴基斯坦一定係全國最靚嘅女仔。不過有樣嘢你哋唔知，佢雖然係巴基斯坦人，但佢內心其實比香港人更加香港人！佢最鍾意食嘅嘢竟然係香港嘅米線，而且最憎食咖喱。佢仲話，每次嚟親巴基斯坦都唔太高興，因為係佢阿媽迫佢嚟咁話嗰！放心！今次有我喺度，保證你一定有個愉快嘅旅程！

係啊！呢位巴基斯坦靚靚導遊除咗鍾意米線，仲真心愛香港！話說我哋嗰時唔知係咪畀當地賣電話卡嘅小販呃咗9咗，個個都上唔到網！得佢有數據上網。有次我見未開始拍嘢，有D無聊，咪望下佢搞乜，原來佢喺度睇緊香港反送中運動嘅直播！佢真係比我哋好多香港人更加關心呢個地方，實在太可愛喇！

一個不停擦鞋的旅程

巴基斯坦篇最困難嘅唔係拍攝，因為當地嘅情況其實普遍安全，冇我哋出發嘅時候諗得咁差，再加上酒店保安個個都揸晒槍好似好打得咁，出入入又要搜晒身先，所以唔太危險。反而最困難嘅係人際關係上嘅嘢！巴基斯坦呢個國家係勁講關係，我哋呢次旅程，除咗有一個香港嘅公平貿易工作人員之外，仲有一個當地嘅巴基斯坦人幫手，我哋去親每個足球工廠拍嘢，都要巴基斯坦嗰個工作人員同廠長打招呼先得，而且我哋仲要做場最少30分鐘嘅大龍鳳畀佢哋睇，聽佢講解，顯示我哋嘅誠意，最慘係我哋根本聽唔明佢講乜，所以唯有不斷點頭同假笑，要佢啱Feel喇，我哋先可以入去拍。呢種保守國家嘅官僚制度真係令我極度痛苦！！！

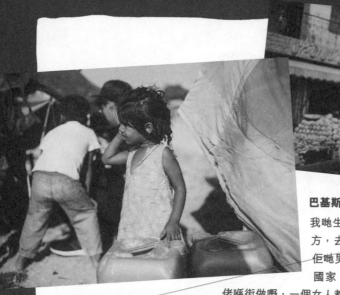

巴基斯坦很平等

我哋生活喺一個相對平等嘅地方，去到巴基斯坦，一眼就知佢哋男女唔平等啦～邊有一個國家，成條街都係得D麻甩佬喺街做嘢，一個女人都冇！所以女人其實冇乜工作機會。女人仲係要等佢哋老公收咗工，先可以跟埋一齊出嚟行下咋！但點知我問返巴基斯坦D女人覺唔覺得佢哋國家男女唔平等，佢哋竟然完全唔覺，仲話國家而家生活條件同工作機會都好過以前，不知幾正咁話！佢哋令我諗起我前幾年去北韓遇過嘅一件事，話說嗰時我到北韓平壤一間大型超市，撞到D中國人，於是我梗係走埋去吹下水啦～我問佢哋覺唔覺得北韓人畀政府洗腦，佢哋猛話係啊係啊，政府迫北韓人背金正恩嘅豐功偉績，好慘啊！我聽完之後心裡面偷笑咗出嚟，其實中國人何嘗唔係畀政府洗腦呢？五十步笑百步！其實情況同巴基斯坦女人唔覺得男女唔平等一樣。係咪突然想知多D北韓嘅嘢呢？咪買返本《北韓包膠》囉！

外星人登陸拉合爾

我最印象深刻一定係喺拉合爾去巴德夏希清真寺拍嘢嗰日。因為拉合爾其實係巴基斯坦第二大城市，不過嗰度平時係好少好少外國人，當地人係完全未見過巴基斯坦以外嘅人類，所以當佢哋見到我哋，就好似見到外星人咁L雀躍！記得我哋離開間廟嗰時，成班巴基斯坦人係追住我哋影相，直頭當咗我係周潤發咁樣！佢哋不停影東女郎，可能因為成世仔都未見過D咁白嘅女人，又搭住我拍埋晒D巴基斯坦抖音呃Like！我當時簡直覺得自己成個大明星咁，喺香港都冇呢D待遇啊真係！

美金失蹤事件

本來我對巴基斯坦嘅感覺真係非常好！仲覺得當地人幾 Nice，個個都笑騎騎咁！
點知發生咗一件不愉快經歷，當堂令我對呢個地方改觀。話説我哋走嗰日，攝影
師突然間懷疑自己畀人偷咗錢，佢發現有一張 100 蚊嘅美金唔見咗，我當時仲笑
9 佢：「死傻仔，係咪數漏咗你？」跟住我又摷下自己 D 錢，X 你個臭街！點解我嗰
300 蚊美金得返 100 蚊㗎？？？我哋 D 錢明明擺喺保險箱冇拎過出嚟㗎！！！諗諗下，
只得一個可能！就係班友趁我哋出去嘅時候，爆咗我哋個保險箱偷錢，隨時係酒店
執房員工做嘅啊！我咁好老遠由香港走嚟幫你哋，一心為你哋個國家好，你班仆街
偷我 200 蚊美金？！ 😤 唉，算啦！我都知任何地方都有壞人嘅……當我唔好彩啦……

小寶寶整蛋糕

任務情報：

香港唔少專注力失調及過度活躍症患者，
但由於佢係一種唔容易識別嘅病，
所以小朋友患咗都唔能夠立即察覺。
今集東方昇將會聯同羅若 Off 同
四個小朋友一齊整蛋糕，
當中有一個曾經患有呢個病，
睇下醫生能唔能夠喺一條短片睇出端倪。

BEHIND THE 癲

東方昇：

正如我之前所講，你哋唔好見我精神病人咁，其實我先係研究人嗰個啊！我係讀心理學嘅。咁我對專注力失調及過度活躍症有 D 興趣，而我又知羅若 Off 有過呢個病，所以就搵埋佢拍呢一集。

羅若 Off：

我唔係細個就發現自己有呢個病嘅，雖然有老師試過因為我喺女仔嚟講都係比較興奮同嘈嘈閉，所以講笑咁問：「喂，你係咪過度活躍症啊？」不過佢哋唔係真心覺得我有嘅。到咗大 D 要做呢個病嘅問卷，先初步估計我係有嘅，但我冇理。後來就開始發覺唔妥，好似好難先可以集中做一件事，我係唔可以超過半個鐘唔郁㗎！譬如返工，我明明做緊嘢，但係側邊有人講嘢，我個 Focus 就會去咗嗰堆人傾嘅嘢度！所以我成日都偷聽到人哋講嘢嘅～

條片出咗街，有人 Inbox 我，話佢哋都好想醫好個病！我有同佢哋分享經驗，不過呢個病都係要睇醫生，細個都仲可以靠藝術治療，但大人就要睇醫生食藥先得，所以細個嘅時候千祈唔好放棄治療啊！

《國家級任務》第七十七集
小寶寶整蛋糕

毛記電視

好，我哋開始！

唔知大家知唔知，其實羅若 Off 以前都出現過喺 100 毛，但個樣又唔同咗好多，
我都有懷疑過佢係咪去咗整容🤔

毛記電視

你記得去到那兒要努力讀書，知道嗎？

佢成日同我講 IG 冇人 Follow 佢，大家快 D Follow 下佢啦～
IG：offoffmandic

Dickson

專家 Dickson《言行合一嘅癲佬》

知道有份寫笑聲笑聲滿載心聲，我第一個反應係：「咦，我好似一集國家級都冇拍過喎⋯⋯點解搵我？」會唔會係東方昇太忙，搞9錯咗，以為我有份，點知睇返D片，先知我都叫有幸喺國家級出現過一集，雖然只係剪上市嗰日D片落去，但我都當關自己事㗎喇，大家知啦，無論愛情定事業，我最叻就係FF。

講真，我曾經諗過，如果東方昇真係搵我做一集國家級，我究竟夠唔夠薑同佢癲一集？結果當然呼之欲出，梗係「都係唔好喇。」我份人就係咁，講就凶狠，你睇我喺《圍爐取戀》，理論多多，又學人畀意見，但係眾所9知，我喺情路上係 on9 無極限，正一「講就凶狠，做就碌L」，所以要我鼓起勇氣去挑戰國家級任務做開嘅嘢，簡直係宇宙級任務。

每次睇《國家級任務》，我都會諗：點解夠膽咁做㗎呢？（當然，有D嘢對大家嚟講唔算大膽，但對我嚟講都算）不過回心一諗，東方昇條癲佬又真係講得出做得到。我覺得用「癲」嚟形容佢，實在太適合，好多人以為「癲」係貶義，其實呢個字只係指出一種現象，就係即使世俗覺得不合常理，當時人仍然能夠言行一致，唔係淨係得個諗字，會落手落腳做埋出嚟，對自己嘅想法同價值觀徹底信任。當中最需要嘅，絕對係一份勇氣，我有時諗：可能呢個就係我同東方昇最大嘅不同之處，亦係我要向《國家級任務》學習嘅地方。

任務情報：

身體夠 Fit，就算不幸遇到有瘋狗症嘅惡狗，

跑都跑得快 D 啦！

東方昇向來熱愛運動，

為咗令大家都強壯 D，

呢集特登落街宣揚運動嘅重要性，

跟住張「亂世體格要求」文宣圖郁下個身，

唔知有幾多人合格呢？

BEHIND THE 癲

東方昇：

自從上年開始，瘋狗症迅速擴散，一群患病嘅瘋狗不斷亂咁發癲咬人，咁啱網上有張文宣就係教人健身，練好身體，跑都跑得快 D，避開呢 D 唔應該出現喺香港嘅危險，所以決定拍呢集。我哋喺街拍嘅時候，其實都有 D 淆底，因為我哋鋪晒瑜伽蓆喺地下，幾驚 D 瘋狗偷襲，咬我後腳，不過好彩嗰排 D 瘋狗成日好懶咁匿埋，唔會出街行。大家都要小心啊！

屯門公園

「黃色」經濟圈

任務情報：

屯門公園日日開 P，大媽舞照跳，
阿叔日日派利是！
雖然曾經出現兩次市民反映不滿嘅活動，
又有區議會促使政府取消屯門公園自娛區，
但係佢哋一於少理！繼續 Happy！
東方昇決定落去現場直擊檢查，
睇下個情況！

BEHIND THE 癲

東方昇：

其實一早都知道屯門公園 D 大媽喺度收錢跳舞㗎喇！但係今次去係想睇下個情況
有冇改善到。講開又講，我對屯門公園其實好有感情㗎！大概三、四年前左右，
我嗰時仲係做緊《今日問真 D》，一冇題目就會落去屯門公園訪問 D 阿伯，嗰度
可以話係全港奇怪阿伯聚集嘅地方㗎！你哋成日話我同 D 廢老傾偈特別好笑，
我咪就係喺呢度練得一身好武功！其實同呢 D 阿伯傾嘢好簡單，就係一直扮傻仔，
佢哋一見你傻仔，D 水就會愈吹愈勁，亂 9 up！就好似 D 青蛙咁，愈吹個肚就愈脹，
去到最後就會嘭一聲爆開！拍呢集國家級都算特別有滿足感，因為條片出咗之後，
公園嘅管理員亦唔敢包庇 D 大媽，揸正嚟做，而 D 大媽真係驚咗唔敢再喺度搵食～

佢金睛火眼望住我封大利是，幾咁期待～

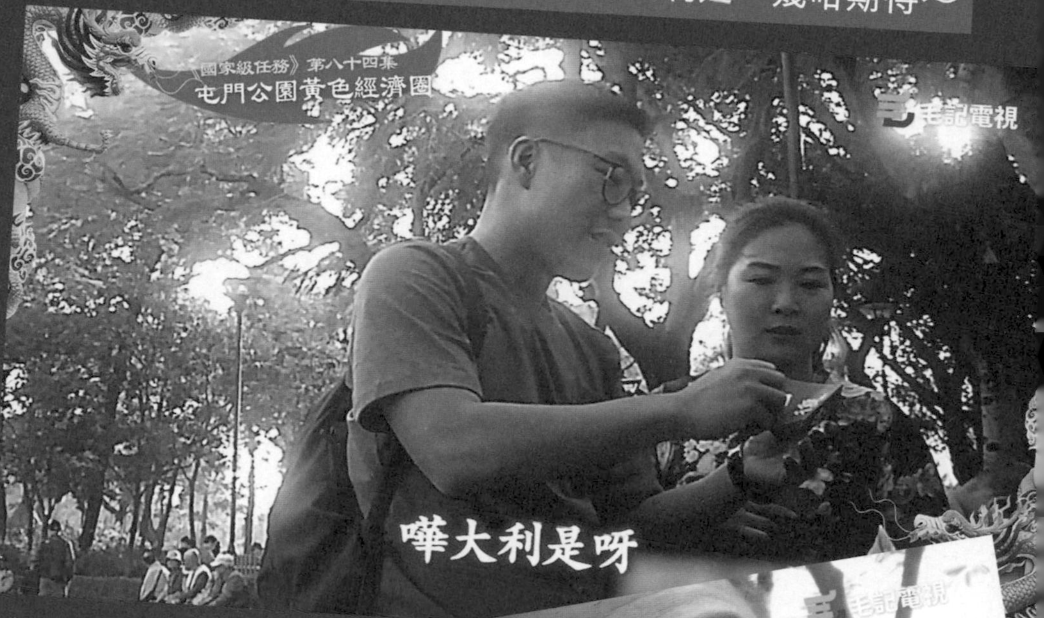

《國家級任務》第八十四集
屯門公園黃色經濟圈

毛記電視

嗱大利是呀

屯門公園
Tuen Mu[...]
嶺南 Park Dire[...]

毛記電視

我仲帶埋利是仔諗住打賞佢哋㗎呀～

畀利是佢都唔收，右禮貌 🥺

勇舞手足

任務情報：

網上成日有人問解放軍究竟幾時出嚟，
點知有日解放軍真係出咗嚟，
仲要出嚟跳舞～睇到東方昇身痕，
更揚言只要跳得到，
大家就要齊齊出嚟行街街，做該做嘅事！

BEHIND THE 癲

東方昇：

條片出街嗰日係 12 月 31 日，其實係想做 D 嘢，叫大家參加 1 月 1 日呢次有不
反對通知書嘅元旦大遊行，因為如果今次都唔出，以後隨時連遊行都會冇。

當時解放軍亦拍咗條片，令到全世界都知道佢哋除咗摺被好犀利之外，原來跳舞
都好出色㗎 🖐 其實隻舞好易跳，不過啱啱撞正我哋三條廢 J 都唔識跳舞，先搞
到一 Pat 屎咁，好彩我醒目，諗咗個方法令大家都跳到，就係唸住口訣記動作！
其實……舞跳唔跳到，又有咩所謂？遊行下年仲搞唔搞得成，先係大件事，希望
我唔好一語成讖，香港真係變成「唔知下年仲有冇得遊行」就好喇……

肺炎 Disco

任務情報：

上年年底有種不明肺炎傳入香港，
聽講係 D 人食完蝙蝠惹返嚟嘅，
搞到人心惶惶，梗係戴返個口罩穩陣，
今集東方昇冒住肺炎風險，
一邊唱歌跳舞，
一邊派罩叫 D 人防疫。

BEHIND THE 癲

東方昇：

今日睇返呢條片，都覺得《國家級任務》直頭係見證住香港嘅變化啊！嗰時係啱啱開始傳武漢有肺炎，香港人當時係仲未識個驚字點寫，如果你有留意條片，應該發覺仲係有好多人唔戴口罩周圍走喍！我就有先見之明喇，一聽到就知「今次瀨嘢喇！」所以拍呢條片提大家一定要戴口罩！

嗰期陳偉霆有首歌叫《野狼 Disco》，好 L 7 嘅，唔少人 Inbox 我話想聽我翻唱！我自己就唔太想，人哋唱乜我唱乜，我咪同佢 7 埋一份。點知之後肺炎殺到嚟，我諗：係時候喇～改咗詞唱，我就唱喇！最後就變咗《肺炎 Disco》！

我今年書展出咗呢本書啦！我知你哋班讀者喍，買咗本書返去都係擺埋一二邊，根本唔 L 睇嘅！可能一年後，或者兩年後，你打開呢本書，睇到呢一頁，話唔定個疫症都仲未搞掂，你都仲係戴住個口罩啊……

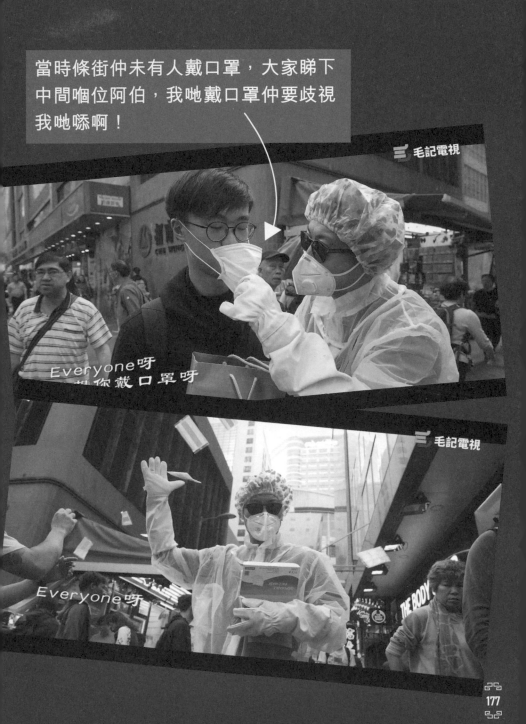

當時條街仲未有人戴口罩，大家睇下中間嗰位阿伯，我哋戴口罩仲要歧視我哋㗎啊！

向藍店說不

任務情報：

東方昇喺街頭測試大家對黃色經濟圈嘅堅持，

係咪淨係得把口……

到底會唔會一個屈尾十，

就竄返入藍店開餐？

佢將會扮一個吉野家毒癮發作嘅道友，

周圍叫人幫佢買牛飯，

唔知大家經唔經得起呢個考驗呢？

BEHIND THE 癲

東方昇：

香港人受到運動影響，開始實行黃色經濟圈，甚至整埋黃藍地圖！我係絕對支持黃店㗎！但問題係，有時去到一 D 唔熟悉嘅地區，真係會 on99 唔小心撞咗入藍店裡面都唔知！我有時真係幾驚，萬一我唔小心入錯藍店，一陣男人影咗相，Send 去蘋果日報，第二日就係大字標題：「東方昇支持藍店」咁我咪一入錯成千古恨、永不翻身？所以我食嘢真係好小心，唔敢亂㗎！

老老實實，我本身幾鍾意食吉野家牛肉飯，但係發生咗吉野家嘅獅子狗事件之後，我完全冇食。有一日忽然心癮起，好 L 想隊個牛肉飯，唯有以我天才嘅廚藝煮 9 返一份出嚟，就喺我界心機撚緊牛肉飯嘅時候，我就諗：咦，如果我叫人幫我買，唔知大家又會唔會肯呢？所以就有咗呢條測試片！

講真，我最初真係懷疑黃色經濟圈係咪真係 Work，因為一路以嚟，香港人都係將消費同政治分得好開，不過今次我見到咁多藍店相繼執笠，就知道香港人今次真係堅持到，希望大家可以一直堅持落去！

毛記電視

支持黃店，罷買藍店

黃店嚟講，我梗係推介返大家食大渣哥啦！

後 記

東方昇《寫於 2020 年 7 月 1 日》

國安法將會喺今日起正式推行，將來香港會變成點，呢一刻寫緊呢篇後記嘅我真係唔夠膽想象，因為根本想象唔到，而睇緊呢一頁嘅你正正已經經歷緊，可能《國家級任務》已經冇咗，變成 《國安級任務》⋯⋯可能大家都被迫變乖⋯⋯可能有部分人已經離開香港⋯⋯又或者大家都願望成真呢⋯⋯無論香港變成點，希望大家依然保存住心入面嗰一個東方昇，喺適當嘅時候放佢出嚟瘋癲 on99 一下，Be 東方昇，My Friend！

作者	東方昇
美術總監	R
書籍設計	B
封面攝影	W
出版	白卷出版社
	黑紙有限公司
	新界葵涌大圓街 11-13 號同珍工業大廈 B 座 1 樓 5 室
網址	www.whitepaper.com.hk
電郵	email@whitepaper.com.hk
發行	泛華發行代理有限公司
電郵	gccd@singtaonewscorp.com
版次	2020 年 7 月 初版
ISBN	978-988-74869-3-0

書本內容和觀點只代表作者個人意見，並不代表本社立場。